ESSAI

DE

POÉSIES CATHOLIQUES

PAR

CONSTANTIN BEUF.

PARIS

CHARLES DOUNIOL, ÉDITEUR,

rue de Tournon, 29.

—

1859

ESSAI

DE

POÉSIES CATHOLIQUES.

ESSAI

DE

POÉSIES CATHOLIQUES

PAR

CONSTANTIN BEUF.

PARIS

CHARLES DOUNIOL, ÉDITEUR,

rue de Tournon, 29.

—

1859

Il m'a paru convenable de joindre à ces poésies deux mots d'explication.

Une tendance de plus en plus forte se prononce en faveur des doctrines catholiques. L'autorité si saintement exercée par le chef vénéré de l'Église, le retour de la France aux nobles traditions qui font sa gloire, la confusion que l'on remarque davantage dans les sectes protestantes, la vétusté des empires de l'Orient qui semblent toucher à une transformation, tout annonce un tressaillement capable d'amener la régénération du monde. Les livres sérieux, un bon nombre de journaux, les arts splendides, les découvertes modernes, concourent à l'heureuse fin qu'appellent avec ardeur les gens de foi. Tandis que les enseignements sublimes élèvent tant les esprits sincères, que les associations charitables prennent un caractère si généreux, qu'en un mot le bien se montre si solide qu'il fait pour ainsi dire oublier souvent les torts de notre siècle, dans un ordre d'idées moins essentiel, la poésie, cet éclat de la vérité, doit-elle se tenir à l'écart du progrès consolant qui se réalise? Non sans doute, et certaines pages des auteurs contemporains sont là pour témoigner de la digne part qu'elle peut chercher dans un triomphe général.

Pourtant il est à désirer qu'un écrivain de génie, inspiré par des sentiments profonds, veuille saisir la lyre chrétienne avec cet élan qui produit le grand inévitablement. Cet homme se rencontrera tôt ou tard; car le catholicisme renferme tous les trésors d'espérance et d'amour qui font vibrer le cœur, et s'adresse à l'ensemble des facultés humaines, parce qu'il est l'expression de nos destinées comme le lien entre la terre et le ciel.

L'idéal parfait, pour notre nature déchue, est-il dans la recherche secrète d'un bien suprême dont l'humanité se souvient, ou plutôt dans le rejaillissement de la gloire universelle du Sauveur, puisque le beau tient nécessairement à l'ordre divin? Mais je m'arrête devant ces questions, peut-être téméraires au point de vue d'un spiritualisme complet.

Si je me borne donc à cueillir quelques fruits dans un champ immense, je laisse à d'autres la tâche de le faire valoir selon les aspirations fécondes du temps actuel.

Marseille, le 10 mai 1859.

DÉDICACE.

Dans une heure bénie,
En accents imparfaits,
Je viens, sage Eulalie,
Me rendre à tes souhaits.

Sans nul doute la prose
Vaut mieux pour la raison :
Mais on dit qu'une rose
Plaît en toute saison.

Pourtant les fleurs aimées,
La blancheur du jasmin,
Les brises parfumées,
Ont quitté mon chemin.

1

Sous un rayon d'automne,
Bercé légèrement,
Mon esquif s'abandonne
A la plainte du vent.

Dans le ruisseau docile
Se voit un ciel d'azur.
Oh! qu'un destin tranquille
Éclaire ton front pur.

Puisse, ô fervente amie,
A l'ombre de la loi,
L'étoile de Marie
Luire toujours sur toi!

Que Jésus notre maître
Répande son amour :
L'aimer, c'est le connaître
Au céleste séjour.

PREMIÈRE PARTIE.

LA PRIÈRE.

Un charme existe sur la terre,
Qui console ses habitants,
Parfum exquis, don salutaire,
Harmonie aux sons ravissants,
Tribut secret, grain d'abondance
Dont se révèle la puissance
Dans le champ de son possesseur,
Rayon dont la chaleur féconde
Fait éprouver à tout le monde
Son incomparable douceur ;

D'un clair ruisseau tendre murmure,
Frémissement qui sort des bois,

Soupir de toute la nature
Dans ses mystérieuses lois,
Source coulant de la montagne,
Rosée au sein de la campagne,
Vapeur qui monte du vallon,
A l'orient splendide trace,
Du ciel quand cesse la menace,
Arc illuminant l'horizon;

Gémissement de la colombe,
De l'aigle vol audacieux,
Reflet vermeil du soir qui tombe,
Astres qui brillez dans les cieux,
Éclat séduisant de l'aurore,
Fruits aimés qui penchent encore
A côté d'odorantes fleurs,
Élan de la flèche rapide,
De l'extase regard humide,
Du repentir utiles pleurs;

Souffle suave de la bouche
A travers ses plis gracieux,

Clavier que le doigt divin touche
Sur l'instrument mélodieux,
Clameur que le fleuve soulève
Dans chaque écume qui s'élève,
Plainte sourde des éléments,
Voix sur les eaux, dans les abîmes,
Ou qui s'entendent sur les cimes,
Sublimes retentissements.

En mer, une obscure tempête
Agite horriblement les flots,
Et la foudre ébranle la tête
Des intrépides matelots,
Quand, au sommet d'un blond nuage,
Leur apparaît la sainte image
De la Vierge tenant Jésus,
Et ce gage de délivrance
Donne au passager l'assurance
Que ses foyers seront revus.

Une cruelle inquiétude
Traverse mon esprit soudain ;

Je tremble, car d'un assaut rude
Sur moi vient s'étendre la main :
Eloignez-vous, noire pensée,
Qui troublez mon âme oppressée ;
Fuyez, funeste déraison.
Tomber d'un trône dans la fange !
Tantôt je semblais être un ange,
Hélas ! deviendrais-je un démon ?

C'est que dans la faible nature
De l'homme existe un mal profond,
Gouffre qui n'a pas de mesure,
Dont on ne peut sonder le fond,
Et, dans sa défaillance extrême,
S'il n'a recours au Dieu suprême
Pour l'appui dont il a besoin,
Son inconstance habituelle
Fait, quand le courage chancelle,
Que de lui-même il n'a nul soin.

Aussi des torts épouvantables
Ont affligé l'humanité,

Et dans les fastes lamentables
S'accumule l'iniquité.
De la honte coupes amères,
On a vu d'odieuses mères
Immoler leurs pauvres enfants.
Et toi, politique farouche!
Des canons la terrible bouche
Lance au loin des membres sanglants.

Si j'entre dans l'auguste temple,
Où s'assemble un peuple pieux,
Mon respect rencontre l'exemple
Du silence religieux.
A la ferveur heure propice!
Tandis que le saint sacrifice
Va s'accomplir sur les autels,
La bonté divine prépare
De tous les bienfaits le plus rare,
Qui bénit les humbles mortels.

Avant le soir, quand nous rappelle
Avec ardeur l'airain sacré,

1.

Pour célébrer d'un cœur fidèle
Le jour au Seigneur consacré,
Au milieu des chants magnifiques,
Je veux me mêler aux cantiques,
Du roi David nobles accents,
Qui se transmettent d'âge en âge
Comme un précieux héritage,
Impérissables monuments.

Avec douceur, l'orgue soupire
L'hymne de ses touchants accords,
Ou précipite le délire
De ses tumultueux transports,
Brise remuant le feuillage,
Menace précédant l'orage,
Choc entre tous les éléments,
Tuyaux que la pensée anime,
Musique dont la note exprime
Du cœur les divers sentiments.

Mais au pied de l'autel s'allume,
Par la main d'enfants innocents,

Sérieux sous leur blanc costume,
Le grain délicieux d'encens;
Le nuage argenté s'élève,
Et le prêtre bientôt achève
L'hommage au sein des mille feux;
L'âme tremble, le cœur implore,
Et la foule à genoux adore
Dans un calme majestueux.

Dieu tout-puissant, ô notre Père,
Dont la gloire habite les cieux,
Qu'avec amour chacun révère
Votre nom qui comble nos vœux.
Seigneur, que votre règne arrive,
Domine la lointaine rive,
Eclate au dernier jugement.
Toujours sainte, toujours parfaite,
Que votre volonté soit faite
Comme au ciel véritablement.

Mais, Seigneur, notre exil réclame
Chaque jour un nouveau soutien,

Le pain du corps, le pain de l'âme,
Venant de vous, souverain bien.
Pour nous pardonner nos offenses,
Puisez dans les trésors immenses
De votre cœur, nous pardonnons.
Accordez-nous votre assistance
Dans l'épreuve, la résistance
Au mal. Ainsi nous demandons.

Heureux effet de la prière,
Qui donne la sérénité,
Et soulage notre misère,
En relevant l'humanité !
C'est la foi vive, l'espérance
Faisant taire toute souffrance,
La charité, vase de miel,
Le vil atome de poussière
Devenant astre de lumière,
L'union de la terre au ciel.

SOURIRE.

Dis-moi, bel enfant,
Pourquoi ton sourire
A mon âme inspire
Le recueillement,
Quand ton doux visage
Se tournant vers moi,
Présente l'image
D'une sainte loi.

Du ciel sans nul doute,
Loin du tourbillon,
Descend un rayon
Que rien ne redoute

Dans cet univers,
Et qui sur la rose,
Pour les yeux ouverts,
Bien souvent se pose.

Comme le zéphyr,
Autour du calice
Qui penche il se glisse
Pour notre plaisir,
De tendre lumière
Revêt les couleurs,
Et dans le mystère
Calme les douleurs.

Il brille sur l'herbe
En flots éclatants,
Dès que le printemps
De son pied superbe
Lance les présents,
Qui, sous l'œil unique,
Entourent nos sens
D'un cercle magique.

Oh! qu'il est charmant,
Quand la riche étoile
Relève son voile
Qui vogue tremblant,
Quand la nuit sereine
Sillonne de feux
La profonde plaine
Des splendides cieux!

Cependant l'aurore
Ouvre ses palais;
De brillants reflets
L'Orient se dore;
Dans l'immensité
Les astres pâlissent;
De vive clarté
Les monts s'embellissent.

Dans les sentiers frais
Des vallons tranquilles,
Au sein des asiles
Qu'ouvrent les forêts,

La lueur vermeille
Pénètre soudain,
Lorsque se réveille
Un hymne sans fin.

Le rayon céleste
Partout se répand,
Et craint seulement
Le poison funeste.
Il éclate pur
Sur les fronts timides,
Et de l'âge mûr
Efface les rides.

Mais il aime mieux
Cette transparence,
Robe d'innocence
D'un jour précieux;
L'aimable rencontre,
Où luit un regard
Qui simple se montre
A lui sans retard;

La jeune pensée
Que promet ton cœur,
Devant le bonheur
Bientôt empressée ;
Et ces jolis traits,
Offrant l'harmonie
De nobles attraits
Pour orner la vie.

Surtout le sommeil,
Qu'un suave songe
Fuyant le mensonge,
Conduit au réveil,
Verse la rosée
Qui teint de fraîcheur
Ta joue arrosée,
Miroir de candeur.

Garde ce délice
Pour plaire longtemps,
Et que de tes ans
Le triste caprice

S'éloigne toujours,
Pour que la lumière
Douce à la paupière,
Eclaire tes jours.

LE PRÉSENT AIMÉ.

Il est un bien secret que récompense un trône,
Dont la source est au ciel, qui s'appelle l'aumône,
Echange qui devint une nécessité
Quand le bonheur terrestre au loin fut emporté :
Si cette noble loi, hautement réconnue,
Par quelques cœurs aigris semble être méconnue,
Pourtant on voit encor des humains bienfaisants,
Car la charité sainte a toujours ses enfants.

Je savais un vieillard, de qui la force usée
Eprouvait le regret d'une existence aisée.
Tombé dans le malheur, il acceptait le pain,
Offrande sans mépris d'une pieuse main,
Quand, le voyant un jour, je me dis en moi-même :

Il mérite peut-être un intérêt extrême,
Cet homme à la voix triste, au regard languissant,
Que le sort a touché de son ongle blessant.
Monsieur, s'écria-t-il, puisque, dans mon asile,
Vous venez m'honorer de votre abord facile,
Je veux dire le mot de mon cœur défaillant :
Le riche est généreux; mais est-il bienveillant,
Et sait-il exhaler un parfum de tendresse,
Avec avidité reçu par la détresse?
Ce n'était pas ainsi que le Seigneur donnait,
Quand il livrait sa vie, et quand il pardonnait.
On croirait qu'il refuse, et toujours il accorde :
Pauvre, je vous bénis, Dieu de miséricorde !

Le sensible vieillard avait un doux travers :
Il cultivait le beau, soutien dans les revers.
Mais justement ce don, faveur trop importune,
Ne le délivrait pas du joug de l'infortune.
Artistes, qui pesez la valeur du talent,
Dans un succès douteux vous marchez d'un pas lent;
Ouvriers, si jamais votre labeur utile
S'échappe entre vos doigts comme un jouet futile,

La misère aussitôt vous jette son dédain,
Pour avoir négligé le soin du lendemain,
Et si la maladie ajoute son calice
Aux fléaux imprévus, voilà le précipice !
C'est Dieu qui fait le bien, par des liens puissants
Que forme le besoin, unissant ses enfants.
Heureux celui qui sait, dans la force féconde
Du règne protecteur qui domine le monde,
Nourrir le feu céleste, et, fidèle instrument,
Correspondre à l'amour bénissant l'élément !

Notre héros pourtant entreprit un ouvrage,
D'adresse et de savoir véritable assemblage.
Ajustant des rouleaux finement préparés,
Au moyen de couleurs devant être parés,
De cette découpure arrangeant les merveilles,
A faire des tableaux il consacrait ses veilles,
Et soumettait aux yeux un aspect transparent,
Où se glissait le jour, doucement apparent,
A travers les reflets que le verre docile
Recevait par l'effet de la lumière agile.
Admirez, disait-il : en face du soleil

Plaçons-nous pour jouir du spectacle vermeil ;
Tournez-vous maintenant, et remarquez la grâce
Des détails variés que mon travail retrace.
Il préférait toujours les sujets sérieux,
Des chapelles, des croix le sens mystérieux,
Et voulait allier la suave peinture,
Dans un milieu serein, à la grave sculpture.
Mais, ô fruit étonnant d'un patient effort,
Estimable projet que défiait le sort !
Il avait commencé, dans sa rude constance,
Ce qu'il nommait la croix de la persévérance,
Monument gigantesque où, puisant aux monceaux,
Il pouvait rassembler des milliers de morceaux,
Chef-d'œuvre demandant de longues destinées,
Par un tardif repos sans crainte couronnées,
Et digne d'obtenir l'auguste mission
De resplendir au sein d'une procession,
Ce qui serait enfin la belle récompense,
Terme venant charmer une faible existence.
Me visitant un jour, il dit : Venez me voir,
Il faut que je remplisse un rigoureux devoir :
Parmi tous ces objets devenus mon partage,

Vous choisirez celui qui vous plaît davantage.

Ame dans son tableau, je reçus une croix,

Et je remerciai de ma plus tendre voix.

Qu'avais-je fait pour lui ? Rien. Mais, par un sourire,

Attrait que le ciel prête à tout ce qui respire,

Rayon qui se répand sur un sol parfumé,

Dans un rare moment je me sentis aimé.

Je tiens à cette croix : dans mon humble demeure

Je la garde avec soin. Puisse-t-elle, à toute heure,

Me rappeler l'amour du Maître souverain,

Par son renoncement sauvant le genre humain !

ASPIRATION.

Je vois une foule empressée
Courir après les mille riens,
Que la vaniteuse pensée
Considère comme des biens;
J'entends rouler le char du monde,
Qui passe, en moins d'une seconde,
Par de vifs coursiers emporté;
En mon chemin l'or et la soie
Semblent, comme un tissu de joie,
Promettre la félicité.

Et moi-même, ô Seigneur, sur le flot des années,
    J'ai suivi les illusions :
Pardon d'avoir ainsi, loin de mes destinées,
    Manqué vos bénédictions.

Pourtant je me disais sans cesse :
Il est un Dieu consolateur,
Qui manifeste sa sagesse,
De tous les dons suprême auteur;
Une admirable providence
Partout révèle la prudence,
Et les bienfaits pleuvent sur nous.
Alors, condamnant mes caprices,
Je songeais aux pures délices,
Et je regrettais à genoux.

Quand nos premiers parents, dans la paix ineffable,
Goûtaient heureusement et le lait et le miel,
Tout sur la terre était aimable,
Tout était un reflet du ciel.
D'un soleil radieux la féconde influence
Produisait la richesse immense
Sans les fatigues du labeur,
Et de l'astre des nuits la sereine lumière,
Caressante pour la paupière,
Ne répandait que la douceur.

2

Le ruisseau coulait plus limpide
Pour se joindre à l'océan pur,
Et sans crainte l'oiseau rapide
Voguait dans les plaines d'azur.
Le lion, plein de bienveillance,
Dédaignant la rude vaillance,
Gouvernait au sein des forêts.
Les troupeaux, broutant l'herbe épaisse,
Gardant pour eux toute leur graisse,
Laissaient prospérer les guérets.

Assemblés sous les verts feuillages,
Les habitants mystérieux
Des bois unissaient leurs hommages
Dans un concert harmonieux.
De l'abondance offrant le gage,
Les fleurs embaumaient davantage,
Les fruits étaient plus savoureux.
Les vents soufflaient toujours tranquilles,
Et tous les éléments dociles
Montraient leur accord généreux.

Au fond d'un cadre de nuages,
On voyait le firmament bleu
Présenter les saintes images
Des anges contemplant ce lieu,
Quand, du haut de son trône auguste,
Dieu s'inclinait vers l'âme juste
Pour la presser contre son cœur,
Et que, soumis devant le maître,
L'homme sentait en soi renaître
Un tressaillement de bonheur.

Ainsi, tempérant sa puissance,
Le Seigneur l'admettait dans son intimité.
Pourquoi la désobéissance
Vint-elle renverser tant de félicité?
Subissant de Satan la malice profonde,
Adam mangea d'un fruit immonde,
Et sa compagne en fit autant.
Alors que devint leur couronne?
La peur, hélas! les environne,
Et tout s'écroule en un instant.

Ils jetèrent, confus, un regard de tendresse
    Sur les biens qu'ils avaient perdus,
    Et pleurèrent sur la détresse
    De leurs descendants éperdus.
Quoi! pour toujours quitter ce séjour de délice,
Chercher son pain amer, boire dans le calice
    Des douleurs d'un funeste sort!
    Avoir ici-bas en partage
    De divers maux un assemblage,
    Pour dernier châtiment la mort!

Et maintenant, comment remonter ce long fleuve,
    Où les eaux de l'iniquité
Ont en masse abouti, quand d'épreuve en épreuve
    A failli notre humanité?
    Comment sortir de ces abîmes,
    Effacer tant de nouveaux crimes,
    Et briser les portes d'airain?
Le Rédempteur promis, dans sa persévérance,
    A pu seul rendre l'espérance
    Et le salut au genre humain.

Mais c'est par votre sacrifice,
Bon Sauveur, que nous retrouvons,
Au prix du plus cruel supplice,
Le sûr repos où nous vivons.
Vous voulez chasser les alarmes.
Ah ! que le péché dans nos larmes
Soit lavé par le repentir.
A de nouveaux combats en butte,
Que votre force en cette lutte
Daigne savoir nous soutenir.

Quand une goutte d'amertume
Parfois viendra nous visiter,
Qu'en nous votre douceur allume
Le désir de la supporter ;
Que le souvenir tutélaire
De votre croix sur le calvaire
Se présente dans le danger ;
Agneau divin, que sur les traces
De votre sang les saintes grâces
Descendent pour nous protéger.

2.

Vous serez le juge équitable,
Au jour de votre avénement,
Quand s'annoncera redoutable
La voix du dernier jugement :
Ayant lassé votre clémence,
Les uns, loin de votre présence,
Endureront l'affreux tourment,
Et les autres, restés fidèles
A vos justices immortelles,
Seront dans le ravissement.

Grand Dieu ! que l'abîme effroyable,
Où les feux ne s'éteignent pas,
Dévorant toujours le coupable,
Ne s'ouvre jamais sous nos pas.
Loin de vos yeux dans les ténèbres,
Voir peser, aux lueurs funèbres,
Les sombres voûtes de l'enfer !
Au milieu d'angoisses terribles,
Assister aux fêtes horribles
Qui réjouissent Lucifer !...

Si jamais dans le purgatoire
Nous avions à gémir un jour,
Oh! que la flamme expiatoire
Fùt vite éteinte par l'amour!
Prions pour soulager sans cesse
Les objets de notre tendresse,
Supplions, nous faibles mortels;
Sachons hâter leur délivrance,
Par l'aumône, un peu de souffrance,
Le sacrifice des autels.

O Jésus! mon cœur vous implore,
Et ne peut désirer que vous.
Ah! faites que je vous adore
Avec amour à deux genoux!
Seigneur, purifiez nos âmes:
Transmettez-leur les saintes flammes
De votre regard paternel.
Embrasez toute créature,
Et pour vous bénir sans mesure,
Donnez-nous le ciel éternel.

LA CHAPELLE.

Vierge Marie, ô notre mère,
Qui priez pour chaque mortel,
Je vous apporte ma misère,
En m'approchant de votre autel.
Permettez que votre louange,
Qui fut la parole de l'ange,
Soit redite par un pécheur.
Du haut de votre trône auguste,
Votre regard sourit au juste,
Instruit le prévaricateur.

Que j'admire cette chapelle,
Qui charme les timides yeux,

Lueur de la place immortelle
Que vous occupez dans les cieux !
Pour honorer la sainte image
Dont partout se montre l'hommage,
Il faut faire choix constamment,
Afin de parvenir à plaire
Sous votre égide tutélaire,
Du plus délicat ornement.

La forêt présente ses arbres,
L'art un aspect délicieux,
La terre prodigue ses marbres
Et tous les métaux précieux.
Comment oser peindre la grâce,
Ou vouloir retrouver la trace
Que vous cachâtes avec soin ?
Mais, songeant à votre tendresse,
De votre souvenir sans cesse
Le cœur éprouve le besoin.

Votre front couronné d'étoiles
Nous rappelle le firmament,

Où les astres d'or sous leurs voiles
Brillent majestueusement.
En avançant sur les nuages,
Vous chassez les sombres orages,
Dont se détourne la fureur.
Sous vos pieds, le serpent perfide,
Père du mensonge homicide,
Baisse la tête avec terreur.

Quand pour tous rempli de délice,
Revient votre mois parfumé,
Votre nom au bonheur propice,
Semble être encore plus aimé.
On va chercher dans les campagnes,
Ou sur la pente des montagnes,
Les suaves bouquets de fleurs.
Des cierges la douce lumière,
Qui réjouit notre paupière,
Se mêle aux riantes couleurs.

Mais, près de votre cœur aimable,
Sur vos bras repose Jésus,

Laissant sa grandeur adorable
Pour les plus dociles vertus.
C'est ainsi que, dans la Judée,
Sur notre déchéance aidée
Vous leviez vos petites mains,
Dieu vainqueur, dont l'obéissance
Révélait si bien la puissance
De descendre pour les humains.

Incompréhensible mystère
Pour notre faible humanité !
Sentiment exquis d'une mère
Protégeant la divinité !
Dans quelles douceurs ineffables
Se passaient les rapports affables
Maintenus par le Christ enfant !
Sainte fatigue maternelle,
Vous ne pouviez être plus belle,
En servant l'amour triomphant.

Pourtant mon âme défaillante
Devient triste, car j'aperçois,

Au sein de la clarté tremblante,
Le sacrifice de la croix.
Devant vos yeux, mère céleste,
Apparaît la coupe funeste,
Effet de notre adoption.
O Sauveur, roi de la nature,
Par votre bonté sans mesure
S'opère la rédemption.

On veut, ô chapelle chérie,
Après l'hommage au Dieu puissant,
Dont la splendeur est infinie,
Vers toi porter un pas pressant.
Je ne sais quel pouvoir facile
De calme entoure cet asile,
Temple dans le temple divin.
La piété, don si prospère,
Goûte le bienfait d'une mère,
Qui sur nous tous veille sans fin.

Une croyance vénérable,
Désormais sans obscurité,

Trouve en ce siècle mémorable
Tout l'appui de la vérité.
Ainsi la lumière bénie,
Qu'aucun mélange n'a ternie,
S'annonce à l'orient vermeil,
Et, jetant à travers l'espace
Un pur éclat que rien n'efface,
Prévient le lever du soleil.

L'ANGE GARDIEN.

Bon ange, qui sur moi veilles,
Et prends pitié de mon sort,
Comment dire les merveilles
Qui t'occupent sans effort?

Heureux l'homme, sur la terre,
D'avoir un tel défenseur :
C'est un rayon de lumière,
Dans le péril, protecteur;

Ou la bienfaisante flamme,
Venant réchauffer soudain
L'indifférence de l'âme
Pour son trésor souverain.

Tantôt la pure pensée,
Comme un ruisseau transparent,
Dans la peine s'est glissée,
Laissant voir son front d'argent;

Et tantôt le vif courage
A rejeté la torpeur,
D'un pernicieux mirage
Dissipant l'appât trompeur.

Oui, toujours, guide fidèle,
Jaloux d'inspirer le bien,
Tu fais songer au modèle,
Impérissable soutien.

Qu'il fut bon pour vous, saints anges,
Tout au Seigneur, roi du ciel,
De marcher dans les phalanges
Du grand archange Michel !

J'entends le bruit formidable
De la parole de feu :

Qui, sur son trône immuable,
Est semblable à notre Dieu?

A vous les tendres calices,
La ravissante beauté,
Et les suaves délices
De votre immortalité!

Hélas! les anges rebelles,
En proie aux sombres enfers,
Las des chaînes éternelles,
Veulent troubler l'univers.

O désastre lamentable,
Ayant confondu l'orgueil!
De l'abîme épouvantable
Que soit préservé notre œil!

Pardon, esprit tutélaire;
Je t'ai souvent contristé :
Puissé-je moins te déplaire
Dans le soin qui m'est resté!

Pourtant jusqu'à la poussière
Tu sais descendre humblement,
Avertissant ma carrière,
Où tout fuit rapidement.

Ange, étends tes blanches ailes;
Garantis-moi désormais,
Afin que mes vœux fidèles
Demeurent purs à jamais.

LA CLOCHE ET LA LOCOMOTIVE.

C'est une heure de doux silence,
Où règne encore le sommeil,
Quand la nature se balance
Entre le calme et le réveil.

Partout se glisse dans l'espace
Comme un léger frissonnement;
La nuit semble demander grâce
Pour prolonger l'enchantement :

Contemplez les riches étoiles
Qui décorent le fond des cieux,
Et ne m'arrachez pas les voiles
Que je prodigue aux gens heureux.

Mais le jour fier de sa puissance,
Réclame le feu rayonnant,
Qui verse la réjouissance
Sur chaque front s'illuminant :

Sortez, mortels, des noirs abîmes
Où se plonge votre torpeur;
Bientôt je dorerai les cimes
De votre séjour enchanteur.

Pourtant ne fuis pas, charmant rêve
Berçant l'imagination :
Soleil, attends que je l'achève
Pour dissiper l'illusion.

Tandis que plane ainsi le doute
Sur mon destin capricieux,
Une grande voix que j'écoute
Fait son appel prestigieux.

Du temple messager sonore,
Qui sais avertir les humains;

Répète à ma faiblesse encore
Combien tous les songes sont vains.

Cette cloche mélodieuse
Dont retentit le tintement,
Invite l'âme radieuse
A goûter le contentement.

Venez, dit-elle, à la prière ;
Quittez votre repos pesant ;
Approchez-vous du saint mystère
Dont le fruit est si bienfaisant.

Dans la solitaire vallée,
Quand je m'annonce au voyageur,
L'éclat d'une seule volée
Lui présage un peu de bonheur.

Comme un écho de l'espérance,
J'attire l'homme vers le ciel :
Il peut s'épargner la souffrance,
En éloignant de lui tout fiel.

Je ne prêche que la concorde,
La paix entre les éléments;
J'implore la miséricorde,
Qui dispense des jours cléments.

Qu'entends-je? La clameur stridente
Vient frapper rudement les airs,
Comme un bruit semant l'épouvante
Et que précèdent les éclairs :

C'est l'ardente locomotive
Avec son convoi haletant,
Qui reprend la course hâtive
Pour disparaître à chaque instant.

Tel qu'un gigantesque reptile
Au sifflement impétueux,
Le train poursuit son vol agile
A travers le roc tortueux.

Allez, panache de fumée,
Vous montrer aux peuples divers,

3.

Et, semblable à la renommée,
Parcourez le vaste univers.

Mais, ô vapeur, bienfait magique,
Qu'il faut à toute nation,
Entraîne ton char magnifique
Pour la civilisation.

Et surtout, toi, belle patrie,
France qui réjouis mon cœur,
Sache étendre ta noble vie
Pouvant augmenter le bonheur.

Que tes glorieux militaires
Souvent assistent l'impuissant,
Et que tes saints missionnaires
Portent le culte ravissant !

Foi qui dois éclairer le monde,
Profite des ailes de feu,
Pour livrer la flamme féconde
Aux adorateurs du vrai Dieu.

Cependant la locomotive
S'attache au sol avec tourment,
Comme une machine plaintive,
Qui voudrait changer d'élément.

Tantôt sublime, tantôt tendre,
Le son de l'airain solennel,
Aussitôt qu'il se fait entendre
Arrive aux pieds de l'Éternel.

IMPRESSIONS.

La secousse a jeté sa menace imprévue,
Et l'œil surpris croit voir, sur la vaste étendue,
    Les abîmes ouverts.
Un juge souverain, maître des destinées,
Veut-il dans un instant retrancher des années
    Au sein de l'univers?

La terre tremble autour de ces tristes demeures,
Et l'on entend passer le char bruyant des heures
    Comme pour avertir
Du danger déployant ses redoutables ailes,
Et semblant faire appel à des serres cruelles,
    Malgré le repentir.

L'enfant tient en pleurant sa mère agenouillée.
La jeune fille, pâle et d'attraits dépouillée,
    Languit comme la fleur
Qui, dans un beau jardin par l'orage fanée,
Au milieu du ravage a la tête inclinée
    Sous le flot destructeur.

Le vieillard dont le pied glisse devant la tombe,
D'un effort chancelant se relève, et retombe,
    Quand ses fils éperdus,
Au choc des murs mouvants et des pierres qui roulent,
S'efforcent d'épargner les débris où s'écroulent
    Des biens qui ne sont plus.

Dans le péril, Seigneur, une sainte pensée
Monte jusqu'à ton trône humblement élancée ;
    Car ta suprême loi
Domine tous les cieux sortis de la nuit sombre,
Et les êtres créés, et la lumière et l'ombre,
    Et nos jours sont à toi.

Oui, la crainte toujours devrait habiter l'âme,
Quand mugit la tempête, ou qu'un rayon de flamme
     Dore notre séjour.
Ta main nous suit de près, et ton regard sublime,
Sans fatigue, aperçoit le bienfait et le crime,
     Qui marchent tour à tour.

    Mais ton amour veille sans cesse
    Au bonheur de l'humanité,
    Et surpasse, dans sa tendresse,
    L'élan de la maternité.
    Ton soleil éclaire le monde,
    Et dans la voûte si profonde
    Où roule un splendide ornement.
    Une lampe aux contours mobiles
    Prodigue des clartés tranquilles,
    Qui font pâlir le firmament.

    Tu jetas dans l'immense espace
    La terre que nous occupons.

Et ton doigt limita la place
Où, pour t'obéir, nous vivons.
Dans ce domaine magnifique
Descend ta prévoyance unique
Pour nous entourer de bienfaits,
Et quand nos efforts te secondent,
Les sources vives nous inondent,
Et comblent nos plus chers souhaits.

Au sein des campagnes fertiles
S'élèvent les arbres puissants,
Qui présentent de frais asiles
Ou des fruits aux goûts ravissants.
Après les fleurs qui réjouissent,
Les fécondes moissons mûrissent,
Assurant la prospérité.
L'onde caresse la verdure,
Et partout une clarté pure
De tes dons montre la beauté.

Le souffle a son heureux langage,
L'insecte son hymne touchant,

Et s'abritant sous le feuillage,
L'oiseau laisse entendre son chant.
Des voix plus graves se répondent,
Les sons harmonieux abondent
Dans ces ineffables concerts.
La lyre parfaite des anges
Répète nos humbles louanges
Qu'écoutent les cieux entr'ouverts.

Au loin les forêts frémissantes
Poussent de longs gémissements;
La mer aux vagues écumantes,
Du globe atteint les fondements.
Le spectacle de la nature,
Des éléments le sourd murmure,
Disent à l'homme ta grandeur,
Et quand mon pied rencontre l'herbe
Avec son vêtement superbe,
Je lis encore ta splendeur.

Et les biens destinés à l'âme,
Seigneur, annoncent ta bonté.

Un rayon céleste l'enflamme,

Et la nourrit de vérité.

Elle tressaille en ta présence,

Et marche vers sa récompense

Selon tes glorieux desseins,

Quand, fuyant les détours injustes

Et soumise à tes lois augustes,

Elle suit l'exemple des saints.

C'est surtout recueillie et grave dans ton temple,

Que l'âme en t'adorant, ô Seigneur, te contemple !

Elle tremble à l'aspect de tant de majesté,

Et s'incline en pensant à l'immortalité.

RETOUR.

Me voilà donc, Seigneur, confus de ma faiblesse,
Prêt à cacher un front que la pensée oppresse,
    Avec douleur entre mes mains.
Pourtant toi seul répands, sous un joug tout aimable,
En des jours passagers la joie inestimable
    Du partage fait aux humains.

Comment ai-je pu perdre ainsi la route sûre,
Que ta sagesse enseigne à chaque créature,
    Soupirant après le bonheur?
Quel charme trouverai-je aux séduisantes fêtes,
Et que me donneront les sources imparfaites,
    Qui semblent enivrer le cœur?

J'ai pleuré, j'ai gémi, j'ai soulevé dans l'ombre
Le poids de mon passé couvert d'un voile sombre,
    Et j'ai plié sous le remords.
Loin d'un asile calme au milieu de mes peines,
Quelquefois j'ai tenté de secouer les chaînes,
    Où se brisaient mes vains efforts.

Mais sans doute du ciel le regard favorable
Luit sur nos moindres pas, et devient secourable,
    Quand se prépare le pardon,
Quand le pécheur, vaincu par la beauté divine
Des grands enseignements devant qui tout s'incline,
    Entrevoit un suprême don.

Oui, j'implore, Seigneur, la fin de ma disgrâce,
Et pour me préserver le secours de la grâce,
    Prosterné devant ton décret.
Celui que tu bénis, celui que ta colère
Peut-être veut punir d'avoir su te déplaire,
    Ne connaissent pas ton secret.

Pour ta gloire, ô mon Dieu, retire de l'abîme
Le mortel malheureux par suite de son crime,
    Et courbé dans l'humilité ;
Daigne écouter les cris de ta miséricorde,
Et me faire goûter le repos qu'elle accorde
    A la sincère volonté.

Cependant j'ai recours à ces eaux salutaires,
Dont tes ministres saints sont les dépositaires
    Pour laver les plus vils forfaits ;
J'écoute avec respect les avis d'un apôtre,
Qui soutient mon espoir d'être fort comme un autre
    Par le pouvoir de tes bienfaits.

Tes bienfaits ! Dieu clément, céleste époux des âmes,
Oh ! qu'ils sont animés de tes vivantes flammes,
    De ton éternelle bonté !
Comment pourrais-je ouvrir ma débile paupière
En face de ton trône éclatant de lumière,
    Environné de majesté ?

Quoi ! l'homme approchera de la table des anges ;
Il osera mêler ses indignes louanges
    A leurs délicieux concerts ;
Il rompra ce doux pain, cette substance pure,
Où veut bien se donner pour notre nourriture
    Le Créateur de l'univers.

O trésor consolant d'ineffable tendresse !
De la félicité j'ai savouré l'ivresse
    Sur cette terre de douleur,
Où les enfants d'Adam, soumis à leurs épreuves,
Pour être conviés à des largesses neuves
    Avaient besoin d'un Rédempteur.

Heureux qui, dans la paix, marche avec assurance,
Et dont les actes pleins de suave espérance,
    Se manifestent sous les cieux,
Comme les belles fleurs de leurs tiges s'élancent,
Comme de l'oranger les fruits d'or se balancent
    Au sein d'un climat radieux.

LOUANGE A DIEU.

Elle est partout, Seigneur, cette louange sainte.
Quand du temple béni s'ouvre pour moi l'enceinte,
　　　J'entends des chants mélodieux,
Qui, jetant leurs échos sous les sonores voûtes,
Et semblant traverser les lumineuses routes,
　　　Se mêlent aux hymnes des cieux.

Enfants, avec élan prolongez vos murmures ;
Vierges qui vous voilez, que de vos lèvres pures
　　　S'exhalent des vœux pleins d'amour ;
Et vous, accoutumés aux sérieux hommages,
Qui savez recueillir de profondes images,
　　　Célébrez dignement ce jour.

De l'instrument sacré les notes frémissantes
Répandent leurs accords en voix retentissantes,
    Ou gémissent avec douceur;
Un nuage d'encens sur la foule domine;
Devant le Dieu vivant chaque front s'illumine,
    Et la crainte saisit le cœur.

    Voyez des cierges immobiles,
    Revêtus de pâle blancheur,
    Se balancer les feux tranquilles
    Sur l'autel où luit la splendeur,
    Comme rayonne la pensée
    Du juste dont l'âme est placée
    Dans le véritable trésor,
    Et c'est l'abeille industrieuse,
    Qui nourrit cette flamme heureuse
    De brûler saintement encor.

    Il faut qu'au sein de la nature,
    Si riche des dons précieux

D'une largesse sans mesure,
On fasse un choix délicieux ;
Que de merveilleuses prémices
Accomplissent les sacrifices
Vénérables de notre foi ;
Qu'on taille les flexibles arbres,
Les rares métaux et les marbres
En appuis fermes de la loi.

Mon Dieu, nos plus belles offrandes
Sont des biens venus de ta main,
Et la moindre de nos demandes
Remonte à ton pied souverain :
Mais tu veux qu'une vive flamme
Sans cesse remplisse notre âme
De reconnaissance et d'espoir ;
Tu veux que, dans notre misère,
Vers toi s'élève la prière
Partout ou l'on peut t'entrevoir.

Cependant l'univers est comme un vaste temple.
Astres étincelants, quand mon œil vous contemple,

Je devrais aussitôt, fléchissant les genoux,

Adorer la grandeur de votre auteur jaloux;

Je devrais, à l'aspect des merveilles sans nombre

Que les sens imparfaits entourent de quelque ombre,

M'écrier : Dieu puissant, immuable, éternel,

Tout implore ici-bas ton regard paternel.

Mais d'aveugles mortels, dans leur ingratitude,

Semblent de t'offenser se faire une habitude.

Tant d'êtres asservis à tes suprêmes lois,

Cheminent sans regret dans leurs nobles emplois,

Le globe qui répand des torrents de lumière,

Celui qui mollement pénètre la paupière,

L'étoile scintillante et la planète d'or,

Les nombreux animaux qui prennent leur essor,

La plus humble des fleurs, les végétaux superbes,

La rosée et la pluie embellissant les herbes,

Les fécondes saisons, et tous les éléments

Dont le but est marqué dans tes contentements.

Et l'homme pourrait seul se montrer indocile,

L'homme à qui tu promets un magnifique asile,

Si, domptant son caprice, il suit la vérité,

Et t'offre une louange avec sincérité.

4

Elle est dans l'éclair qui sillonne
Et le tonnerre au bruit profond ;
Dans les frimas dont la couronne
Avec le soleil se confond ;
Dans la tempête où tout voltige ;
Dans un calme plein de prestige
Et les caresses du zéphyr ;
Dans la riante matinée,
Ou le repos d'une journée
Que les clartés ont su remplir.

Elle est dans les produits suaves
Dont s'énorgueillit le vallon ;
Dans l'aigle qui fuit sans entraves,
Ou le timide moucheron ;
Dans la formidable baleine ;
Dans le coursier qui, sur la plaine,
Trace à peine de légers pas,
Et qui, relevant sa crinière,
A travers des flots de poussière
Semble voler vers les combats.

Elle brille dans l'arc céleste,
Présage d'un temps radieux ;
Mais bien plus sur le front modeste
De la femme au cœur vertueux ;
De la jeune fille innocente,
Dont la candeur est transparente
Et l'œil simple comme le jour ;
De tes élus qui, dans l'orage,
S'attachent à la seule plage
Qui conduit au divin séjour.

RÉFLEXION.

Doux vallon, tu promets la calme rêverie.
J'admire volontiers une fraîche prairie,
Où l'oreille se plaît au murmure des eaux,
Et qu'entoure l'aspect de gracieux coteaux ;
Sur des bords sinueux, les nouveaux paysages
Apparaissent mêlés de lumière et d'ombrages,
Et le site attrayant semble m'ouvrir les bras.

Nul obstacle jaloux ne détourne mes pas.
Arbres majestueux, vos dômes de verdure
Attirent vers les biens de la simple nature.
On aime à s'enfoncer sous le feuillage épais,
Quand un choc importun vient briser les souhaits,

Quand on comprend le prix d'un peu de solitude,
Où s'élève un rempart contre l'inquiétude.
Charme de la pensée et mystères du cœur,
Vous savez ménager un facile bonheur;
Mais pour mieux conserver votre source féconde,
Il faut parfois quitter tous les vains bruits du monde,
Et retrouver ainsi, dans le contentement,
Un bienfait apporté par le recueillement.
L'étude et l'amitié sans doute ont leurs délices,
Et méritent l'effort de nombreux sacrifices.
L'amitié! don sacré que ne désirent pas
Ceux qui de l'intérêt recherchent les appas,
Échange de vertus, tendre union des âmes,
Ce qui rayonne pur dans les terrestres flammes,
Lutte des bons esprits, et devant le danger
Aide qui nous soutient sur un pont passager;
Épanchements formés de juste sympathie,
Et trésor fugitif dans cette courte vie :
Heureux qui vous connaît, plus heureux qui longtemps
Peut sans crainte jouir de vos liens constants!
L'étude, noble emploi de notre intelligence,
Aiguise les talents, ouvre un domaine immense.

4.

Mais chaque éclat s'efface avec rapidité
Dans le tableau mouvant de l'instabilité,
Où l'espérance luit pour conduire les songes,
Trop souvent escortés de stériles mensonges.
L'homme saisit la planche, appui de ses beaux ans ;
Il croit y découvrir les plus larges présents ;
Il se dit : Je suis bien, mon avenir se fonde
A merveille ; et pourtant si la menace gronde,
Si le péril redouble en face du destin,
Un coup soudain l'arrache à son rôle incertain.
Comme la vague suit la vague qui s'écoule,
Comme dans le désert le sable se déroule,
Ou comme ce feuillage où se taisent les vents,
S'échappe avant l'hiver en tourbillons fuyants,
Ainsi de nos projets accumulés sans cesse,
Une atteinte suffit pour confondre l'ivresse ;
Un jour en vrais tourments transforme les plaisirs,
Et se termine en proie aux renaissants désirs.
Quand le repos étend sa voile assoupissante,
Des rêves plus légers d'une main languissante
Bercent encor l'espoir, et les yeux enchaînés
Au délire vainqueur semblent abandonnés.

Mais je veille, et du haut des ondoyantes cimes,
Qui laissent entrevoir les célestes abîmes,
Descendent tour à tour de tremblantes clartés,
Semant en astres d'or leurs reflets enchantés,
Et le timide oiseau sur la branche soupire,
Et l'abondance vient répandre son sourire,
Et je puis distinguer la voix du laboureur,
Qui dans les champs annonce un paisible labeur.

Le fleuve cependant suit sa pente docile,
Entraînant mollement quelque débris fragile,
Qui glisse, vain jouet de souffles inconstants.
Ainsi passent nos jours emportés par le temps.
Dans l'horizon lointain l'éternité commence :
Mais que dis-je? son flot comme un géant s'avance.
Bientôt il atteindra les mortels éperdus.
Puissent-ils sans secousse au port être rendus!

LES PASSIONS.

Semblable à cet esquif bercé par la tempête,
Qui s'élance tantôt en blanchissant le faîte
     Qu'environnent les cieux,
Et retombe tantôt dans les grottes profondes,
Où se brise soudain des bouillonnantes ondes
     Le flot tumultueux;

Ou comme on voit un char fuyant dans la carrière,
Qu'accompagne la nuit d'un torrent de poussière
     Vers un but incertain,
Vainement protégé sous le bras sans empire,
Tandis que les coursiers poussés par leur délire,
     N'écoutent aucun frein :

Ainsi l'aveugle élan qui transporte nos âmes,
Peut les précipiter au sein des sombres flammes,
  Jalouses du bonheur ;
Ainsi de nos instincts la tendance mobile
Ne saurait se fixer sur un appui fragile,
  Qui fatigue le cœur.

 Accordez, Seigneur, l'onde pure,
 Heureuse de son horizon,
 Dont le paisible et doux murmure
 Sait glorifier votre nom ;
 Étendez votre aile puissante
 Sur la justice chancelante,
 Que vient menacer le danger ;
 Attirez-nous vers les demeures,
 Où s'écoulent toutes les heures
 Dans les délices du verger.

FRAGILITÉ.

Ennemi de ma joie, un monstre impitoyable
Veut me précipiter dans l'abîme effroyable,
Tandis que mon Sauveur m'attire au fond des cieux.
Soutenez ma faiblesse au sein de cette épreuve,
Seigneur, pour que j'apporte une docile preuve
    De mon calme respectueux.

Tant que l'homme poursuit sa route sur la terre,
Il doit avoir pour guide un flambeau de lumière,
Car sans cesse l'erreur accompagne ses pas :
Entraîné vers sa fin, qui lui montre une tombe,
S'il manque de courage, à tout moment il tombe
    Dans des piéges couverts d'appas.

C'est que le Dieu parfait, maître de la nature,
En tirant du néant sa noble créature,
La prépara d'avance à l'immortalité,
Et, voulant qu'elle fût formée à son image,
Dans ses desseins secrets lui remit en partage
    L'inestimable liberté.

Sans ce don, que serait notre vaste pensée,
Qui, dans les jeunes ans à peine commencée,
S'élève hardiment par un digne transport?
Que seraient nos penchants toujours contradictoires,
Où le bien qui nous presse assure des victoires,
    Le mal un déplorable sort?

Que deviendrait l'élan de nos amitiés pures,
Ce tendre dévoûment qui dompte les murmures,
Ces instincts de grandeur ou de prospérité?
La foi dans le triomphe abaisse les montagnes,
Change le cours d'un fleuve à travers les campagnes,
    Par une ferme volonté.

J'en atteste vos noms, héros de la patrie,
Et vous, martyrs sacrés, qui de l'idolâtrie
Abolissez la honte en dressant des autels :
Votre féconde ardeur devance les oracles,
Apaise les fureurs, enfante des miracles,
    Et ravit les simples mortels.

Mais aussi que de torts produits par l'injustice,
Par la pâle mollesse ou la dure avarice,
L'égoïsme profond, la folle impiété !
Quel désordre causa la désobéissance,
Quand, oubliant l'arrêt de la Toute-Puissance,
    Notre race eut démérité !

Déchus de leur bonheur par la faute première,
Les fragiles humains pouvaient, dans la poussière,
Recevoir du Seigneur un cruel châtiment ;
Mais sa miséricorde arrêta la justice,
Et dans le sang divin trouvant un sacrifice,
    Epargna notre aveuglement.

Cependant le péché fut transmis par nos pères
A tous leurs descendants condamnés aux misères,
Jusqu'au jour solennel marqué pour leur destin.
Hélas! un souffle perd la timide innocence,
Et quand notre vertu compte sur sa prudence,
    Elle est près du triste déclin.

Sans votre saint secours, comment croire à l'empire
Que prétend exercer, au milieu du délire,
L'imparfaite raison qui trahit nos efforts;
Et comment pourrions-nous, assaillis par l'orage,
Sans votre main, Seigneur, échapper au naufrage,
    Et nous réjouir sur les bords?

Mon Dieu, dans le danger couvrez-nous de vos ailes,
Et ne permettez pas que les esprits rebelles
Brisent notre avenir sur un funeste écueil.
Daignez nous accorder votre grâce adorable,
Et faites que toujours, sous votre joug aimable,
    Nous soyons maîtres de l'orgueil.

5

Surtout dans la prière on rencontre un asile,
Où descend un rayon de sagesse tranquille,
Où la force bientôt règne avec la douceur.
Seigneur, j'étais tremblant, je frémissais de crainte ;
Mais je vois le repos, et ne sens plus l'étreinte
    Du démon qui troublait mon cœur.

L'ENFANT JÉSUS.

Jésus, divin maître,
Vous faites paraître
Votre saint amour.
Des cieux, la rosée,
Sur l'âme épuisée,
Descend en ce jour.

On voit votre Mère,
Dans sa joie amère,
Montrer en ses bras
La bonté féconde,
Qui vint pour le monde
Chercher le trépas.

Vous voulûtes, Seigneur, naître dans une étable,
Laissant pour les humains le séjour délectable
    De votre gloire au haut des cieux :
Une crèche reçut le Dieu plein de lumière,
Qui daigna s'abaisser jusqu'à notre poussière
    Cachant le soleil radieux.

Et tandis, ô Sauveur ! qu'avec magnificence
Vous répandez vos dons sur notre globe immense,
    Et venez guérir tous les maux,
Vos membres délicats, formés par la sagesse,
Ont pour se réchauffer, au sein de la détresse,
    Le souffle de deux animaux.

      Mais saint Joseph veille
      Sur cette merveille
      De l'amour parfait ;
      La vierge Marie,
      O douceur bénie !
      Contemple et se tait.

Les bienheureux anges
Chantent les louanges
Qui n'ont pas de fin;
Les bergers adorent,
Et les rois implorent
Le Pasteur divin.

O Jésus aimable,
Grandeur ineffable,
Tendre abaissement!
Que puis-je vous dire?
Daignez nous sourire
Eternellement.

LA FUITE EN ÉGYPTE.

Poursuis ton plan, cruel Hérode,
Tends des piéges à l'innocent;
Comme l'esprit du mal qui rôde,
Demande une coupe de sang,
Et tandis que le divin Juste
Daigne oublier son rang auguste
Pour ennoblir le genre humain,
Un monstre à la grandeur farouche
Ose prononcer de sa bouche
L'arrêt pouvant rougir sa main.

Cependant saint Joseph, averti par un songe,
Veut sauver le céleste enfant :
A la Vierge éloignant l'abîme du mensonge,
Il faut un moyen triomphant.

Vers l'Égypte, terre immortelle,
Fuyez sans perdre un seul instant,
Et la méchanceté rebelle
Posera son glaive constant.
Avec le plus pauvre bagage,
Déjà s'accomplit le voyage
En butte aux malheurs imprévus,
Et souverain de la nature,
Sur une paisible monture
Cheminera le doux Jésus.

Nuages qui glissez sans cesse
Sur un coin de notre séjour,
Laissez passer, plein de tendresse,
Le rayon qui luit à son tour :
Mais c'est la puissance suprême,
Annonçant dans la clarté même
Un phare de sécurité;
Sous la faiblesse intéressante
Voilant la beauté ravissante,
C'est la sublime vérité.

Quittez les splendides demeures
Du ciel rempli de vos amours,
Beaux anges, pour charmer les heures,
Ou brilleront tous vos atours.
Au milieu de ces lieux étranges,
Accompagnant le roi des anges,
Essayez les jeux enfantins ;
Des ruisseaux cherchant les murmures,
Puisez aux sources les plus pures,
Et réjouissez ses destins.

Parfois, dans les déserts arides,
Loin des jardins délicieux
De la Judée aux bords humides,
S'avancent les pas gracieux.
Enfin, de ce pèlerinage,
Comme disparaît un orage,
Se termine le soin pesant,
Et la sainte famille embrasse,
En exil, les peines qu'efface
Un nouveau songe bienfaisant.

MARTHE ET MARIE.

Elle était à ses pieds adorant le bon Maître,
Osant lever des yeux humectés par l'amour,
Un cœur qui palpitait en se sentant renaître,
Comme une tendre fleur dans l'ineffable jour.

Vous avez devant vous la pauvre pécheresse,
Qui put vous oublier en de tristes moments,
Mais voulut, rachetant désormais sa faiblesse,
Seigneur, vous consacrer ses heureux sentiments.

Comment chercher ailleurs la véritable joie,
Descendant de ce front rempli de majesté,
Qui conçut les splendeurs que la force déploie,
Et les rayons plus doux de l'intime bonté?

5.

Daignez parler, ô Maître, à votre humble servante,
Pour que j'écoute encor cette puissante voix,
Ce langage sacré rendant l'âme fervente,
Ces suprèmes conseils qui sont mes chères lois.

Dans vos discours, j'entends l'harmonieuse lyre;
Vos regards bienveillants achèvent le bonheur;
Vous jetez mon esprit dans un sage délire,
Et sans cesse augmentez en moi la paix du cœur.

C'est ainsi que Marie ayant le don d'extase,
Éprouvait en son être un saint tressaillement,
Songeant avec transport à l'éternelle base,
Où se portent les pas vers le ravissement.

> Pourtant avec sollicitude
> Marthe préparait le festin,
> Mettant une pieuse étude
> A contenter l'hôte divin,
> Et, dans son ardeur empressée,
> Réveillant toute sa pensée,
> Pour servir le céleste époux,
> Elle parut un peu surprise

De voir sa sœur, toujours éprise,
Rester si longtemps à genoux.

Dites à ma sœur qu'elle avance
La table laissée à ce coin :
Seigneur, notre reconnaissance
Doit se montrer dans chaque soin.
Vous faites pour nous des prodiges,
Et nos efforts sont des prestiges
Devant l'auguste vérité;
Votre présence nous éclaire,
Et comment pourrions-nous déplaire
Au pasteur plein de charité?

Marthe, vous remplissez une tâche admirable,
En vous occupant du Sauveur ;
Mais Marie a pour elle une part préférable,
Car elle prie avec ferveur.

Il faut venir à moi libre d'inquiétude,
Pour goûter la tranquillité :
Le guide souverain, sans trop de servitude,
Conduit à la félicité.

Un seul trésor suffit, aux humains nécessaire,
    Et je le donne avec amour :
Que chacun le recherche, afin que de la terre
    Il passe au bienheureux séjour.

Mortels, pour obéir, réchauffons notre haleine
Au travail imposé depuis les premiers temps ;
Mais sachons imiter la douce Madeleine,
Sans fatigue, adressant au ciel des vœux constants.

LES RAMEAUX.

Rameaux bénis que nous présente
La main du pauvre sur le seuil
Du temple, où la bonté présente
De Dieu fait taire tout orgueil ;

Doux rameaux, jetés sur la trace
De Jésus, qui se préparait
À subir l'indigne disgrâce
Due au misérable forfait;

Heureux rameaux, sensible hommage
Que reçut notre bienfaiteur,
Quand, empressé sur son passage,
Le peuple louait le Sauveur ;

Rameaux sacrés, que l'on dispose
En silence sur les autels,
Quand la prière se repose
Avant d'exalter les mortels :

Vous offrez le touchant emblème
D'une victime que les fleurs
Semblent orner au moment même,
Qui doit la vouer aux douleurs.

Prêt au sublime sacrifice,
Le Rédempteur du genre humain
Ainsi préserva son calice
Pour un jour du cruel dédain.

RENAISSANCE.

Essaim léger, quand tu t'envoles
Près du buisson vert qui fleurit,
La bouche exhale ces paroles :
Dans la nature tout sourit.

Sans limite le ciel déploie
Son pavillon de tendre azur,
Et pour laisser venir la joie,
Le vent se tait, le souffle est pur.

J'entends la douce mélodie
Qui retentit au fond des bois :
On dirait que partout la vie
Répand d'harmonieuses lois.

Brillez, nouvelles passe-roses,
Etalez vos fraîches couleurs;
En juin rapidement écloses,
Vous savez montrer vos ardeurs.

Vous n'enviez pas vos compagnes,
Dont les bouquets sont précieux,
Et qui remplissent les campagnes
De leurs parfums délicieux.

La merveilleuse Providence
Qui donne les fruits veloutés,
Aux instincts jette la prudence,
Aux fleurs prodigue les beautés.

Vous semblez regarder en face
Ceux qui contemplent vos attraits;
De la candeur que rien n'efface
Vous présentez les simples traits.

Si vous êtes un peu tardives,
Vous avez l'insigne faveur,

Auprès des âmes attentives,
D'annoncer l'éclat du Sauveur.

Heureux les jours où son passage
Console les fervents chrétiens,
Qui reçoivent pour leur partage
Les seuls invariables biens !

A l'envi, familles pieuses,
Ornez d'élégants reposoirs :
Bientôt des mains religieuses
Balanceront les encensoirs.

On voit se ranger empressée
La foule des adorateurs,
Dont se dirige la pensée
Vers le premier des bienfaiteurs.

D'un éclair perçant le feuillage
Apparaît l'effet ravissant :
C'est le soleil qui rend hommage
A la gloire du Tout-Puissant.

Au sein d'un nuage splendide
L'astre descend sur l'horizon,
Illuminant le flot limpide,
Image où se plaît le gazon.

Déjà se berce la lumière
Qui ranime les cierges blancs,
Et mêle aux présents de la terre
Le don de ses reflets tremblants.

Mais le cortége magnifique
S'avance avec recueillement,
Et répète le saint cantique
Plein d'un humble ravissement.

Daignez, dominateur du monde,
Parler à nos cœurs attendris,
Pour que la charité seconde
Des vœux dignes d'être bénis.

Pourtant la majesté couronne
Le front qui féconda les cieux.

Et la cour suprême environne
Le maître venant en ces lieux.

Prosternez-vous, grandeurs humaines,
Et toi, peuple, tombe à genoux,
Devant les clartés souveraines
Dont resplendit le Dieu jaloux.

On adore dans le silence.
Seigneur, protégez vos enfants,
Et que votre amour leur dispense
La paix sur vos pas triomphants.

Ainsi la divine tendresse
Unit dans un seul sentiment
Ceux qui d'une juste allégresse
Veulent goûter l'enchantement.

Mon cœur, réjouis-toi de même,
Et chante ton hymne d'amour ;
Car la miséricorde extrême
Te rend le calme en ce beau jour.

LA FOI.

Après être venu, confirmant les promesses,
Répandre de sa loi les grands enseignements,
D'un amour sans mesure appliquant les largesses,
Apaiser la douleur et guérir les tourments,
Jésus, prêt à subir un infâme supplice,
Voulut, plein de douceur, paraître au Golgotha,
Où, pour voir consommer le cruel sacrifice,
  La foule se précipita.

Les apôtres, instruits par ce divin martyre,
De rayons pénétrants furent illuminés,
Èt se ressouvenant du céleste sourire,
Des miracles nombreux, des travaux terminés,

Des desseins accomplis dans la nouvelle voie,
Des préceptes parfaits, de la sainte bonté,
Accablés à la fois de terreur et de joie,
    Ils comprirent la vérité.

Oh! qu'ils furent tremblants devant le fait immense,
Déroulant son prodige à leurs yeux éblouis,
Qui cherchaient le passé dans sa magnificence,
L'avenir triomphant des jours évanouis,
Les mystères sacrés annoncés à la terre,
La grâce environnant sans cesse les autels,
Le séjour des élus découvrant sa lumière
    Pour attirer tous les mortels!

Mais surtout affermis, par la flamme visible,
Pour rendre témoignage au Christ ressuscité,
Ils purent, animés d'une force invincible,
Confesser leur croyance en sa divinité;
Et livrés aux dangers, affrontant la mort même,
Afin de prodiguer le bienfait de la foi,
Ils surent, couronnés d'une gloire suprême,
    Perpétuer l'heureuse loi.

Qu'elle est belle cette loi sainte,
Cette loi de crainte et d'amour,
Que l'on observe sans contrainte
Au sein des épreuves d'un jour,
Quand, écoutant la voix divine,
D'un pas confiant on chemine
Dans la route du vrai bonheur,
Et que, dédaignant la poussière,
On se tourne vers la lumière,
Source ineffable de splendeur !

Qu'elle est pure la loi parfaite
Qui, relevant l'humanité,
Verse dans l'âme satisfaite
Un trésor de sérénité ;
Qui veut que nous soyons sans tache,
Et séparés de toute attache
Indigne d'un sort glorieux ;
Qui nous demande le courage
D'accomplir un pèlerinage,
Dont le terme aboutit aux cieux !

Elle est forte la loi puissante
Qui fait naître tant de héros,
Change la femme languissante
En consolatrice des maux,
Donne aux faibles de l'énergie,
Transforme tout à coup la vie,
Et retrempe l'homme abattu ;
Qui parfois conduit au martyre,
Et sait éloigner un sourire,
S'il est contraire à la vertu.

Elle est stable la loi céleste,
Œuvre d'un pouvoir éternel,
Loi qui défend le mal funeste,
Et prescrit le bien fraternel ;
Qui rapproche la créature,
Imparfaite par sa nature,
De l'auteur de toute équité,
Et dont l'édifice admirable,
Comme une tour inébranlable,
Repose sur la vérité.

O vérité, flambeau qui brilles sur nos âmes,
Que peut-on comparer à tes utiles flammes?
Sans toi l'esprit jeté dans un chaos profond,
N'aurait pour s'appuyer aucun solide fond,
Et le cœur, renonçant à tout amour possible,
Au sein d'un froid tombeau deviendrait insensible.
Comment donc renier l'Auteur de l'univers
A l'aspect éclatant des prodiges divers,
En contemplant des cieux la splendide harmonie,
Et des biens entrevus la richesse infinie,
Les attributs cachés dont sont doués les corps,
Et du monde moral les merveilleux ressorts?
Il satisfait nos sens pourvus de subsistance;
Mais l'âme a soif, a faim dans son domaine immense.
Aussi ce Dieu puissant dispense des bienfaits,
Capables de remplir les plus vastes souhaits :
Il prête au jugement la science ravie,
Au cœur ce qui console et ranime la vie.
Dans ses décrets, ce Dieu souverainement bon,
Des dogmes révélés daigna nous faire don,
Comme part des grandeurs que le séjour céleste
Renferme, et dont sa main nous réserve le reste

Au jour où, délivrés, ses dociles enfants
Iront le posséder à jamais triomphants.
Dans les cieux éternels les humains ont leur Père :
Mais, hélas! détachés par un culte adultère,
Que de peuples encor, méconnaissant ses lois,
Ont besoin de l'aimer, pour la première fois,
De cet amour parfait que le vrai culte inspire,
Et qui doit exercer partout un juste empire!
Ah! quand viendra le temps où l'hymne universel
Vers lui s'élèvera comme un chant fraternel?

Oui, les clartés de l'Evangile,
Dissipant les vaines vapeurs,
Effaceront les dieux d'argile,
Et feront tomber les erreurs.
Du Christ la doctrine sublime
A sa conquête magnanime
Veut soumettre tous les mortels,
Pour fonder cet autel unique,
Dont la pierre au pouvoir magique
Brisera les autres autels.

6

C'est la Jérusalem nouvelle
Avec d'innombrables élus,
Puisant une gloire immortelle
Dans l'arche qui ne périt plus;
C'est le vaisseau qui, dans l'orage,
Préservé du triste naufrage,
Conserve la solidité,
Ou bien la nacelle tranquille,
Que sans effort un souffle habile
Au port pousse en sécurité.

Je veux être fidèle à tes destins prospères,
O toi qu'avec amour arrosèrent nos pères,
Arbre qui fus planté dès le commencement,
Que des fruits savoureux surchargent constamment,
Et dont les rameaux verts s'étendant d'âge en âge,
Prêtent de plus en plus leur magnifique ombrage,
Croyance catholique, immuable unité,
Eglise entre tes bras pressant l'humanité !
Autour de mes regards tandis que tout s'écroule,
Quand les peuples s'en vont, que chaque trône roule,

Que les gouvernements, les institutions,
Les systèmes formés au sein des nations,
Remplacés tour à tour, semblent quitter le terre,
Indestructible foi qu'entoure la lumière,
Ta chaîne, remontant à la création,
Se lie à l'avenir sans interruption.

Ma plume peut errer, et mon faible langage
Ne savoir vous offrir qu'un imparfait hommage ;
Mais daignez, ô Seigneur ! fortifier ma foi,
Et me rendre docile à votre sainte loi.

L'ESPÉRANCE.

A travers la chaleur et le flot de poussière,
Le zélé pèlerin que la fatigue altère,
    Marche d'un pas tremblant,
Et tournant son regard vers l'horizon mobile,
Il ne voit que du sable, au loin, dans son asile
    A l'aspect accablant.

Il avance pourtant, quand la sourde tempête
Menace d'éclater, horrible, sur sa tête,
    En pliant l'arbrisseau
Qu'il rencontra naguère en l'oasis voisine,
Où la source perdue arrosait sa racine
    D'un mince filet d'eau.

Soudain le vent brûlant exhale un souffle aridé,
Et de l'ingrate plaine où se jouait la ride,
    S'entr'ouvrent les sillons ;
Un nuage grisâtre obscurcit l'atmosphère,
Et remplace aussitôt l'éclatante lumière
    Par d'affreux tourbillons.

Le voyageur s'étend, osant marquer à peine
Les battements troublés de sa crantive haleine :
    Il comprend le danger ;
Mais, sachant surmonter un désespoir coupable,
Il songe uniquement à tout moyen capable
    De le bien protéger.

Enfin l'orage cesse, et les monceaux de sable
Ont paru déplacer leur forme périssable
    Devant ses yeux surpris :
Réjoui des clartés qui brillent davantage,
Il retrouve la force, et marche avec courage
    Vers le but entrepris.

                  6.

Tout à coup, au détour de la seule colline
Limitant ce désert, le soleil illumine
    Un magnifique fond,
Où d'arbres et de fleurs la plus fraîche couronne
Ravit le pèlerin, qui bientôt s'abandonne
    A son repos profond.

Ainsi, faibles humains, sur la terre étrangère,
Nous avons à remplir la rapide carrière
    Dont le terme est certain :
Comme la flèche vole, ainsi notre existence,
Qu'emporte un ouragan, qu'un souffle pur balance,
    Accomplit son destin.

Et, toutefois, soumis au joug de la souffrance,
Si nous ne voulions pas conserver l'assurance
    Au moindre des revers,
Que ferions-nous devant une grande infortune,
Qui frappe quelquefois de son arme importune
    Nos remparts découverts?

Que serions-nous au sein des cruelles misères,
Dans l'injuste mépris, aux sources délétères
        D'un fléau destructeur ;
Ou comment, accablés d'un triste diadème,
Saurions-nous supporter la catastrophe extrême
        Qui comble le malheur ?

Mais toujours la vertu s'entoure d'espérance,
Jalouse d'obéir avec persévérance
        A la Divinité :
Au milieu de la joie ou des profondes peines,
Du juste résigné les paroles sereines
        Montrent sa fermeté.

    Regardez ce martyr, victime
    De la sainte fidélité,
    Révéler sur son front sublime
    L'éclat de l'immortalité :
    Quand se prépare le supplice,
    On dirait qu'il prend le calice
    Orné de fleurs dans un festin,
    Et s'avançant d'un pas tranquille,

Comme l'enfant le plus docile,
Il subit sa terrestre fin.

Ils tremblent, ses bourreaux farouches
Dans leur stupide cruauté,
Et laissent errer sur leurs bouches
Des mots pleins de timidité ;
Ils ont peur, car la conscience
Ne pardonne pas cette offense
Faite aux lois de l'humanité :
Ils se souviendront de leur crime,
Et devant eux s'ouvre un abîme
Pour punir la férocité.

Invoquons ton secours, consolante espérance,
Messagère de Dieu, dont le regard immense
Veille sur l'univers, et sourit aux humains,
En répandant partout les trésors souverains.
Sans doute, il est des maux qu'une bonté sévère
A voulu maintenir au sein de cette sphère ;
Il est de vrais tourments et de vives douleurs
Qui reviennent souvent et font couler les pleurs :
Mais notre espèce a dû connaître la souffrance

Pour expier un peu sa désobéissance :
C'est une courte épreuve approchant de sa fin,
Et qu'adoucit toujours le Rédempteur divin.
Comment, d'ailleurs, sonder l'adorable mystère,
Qu'un voile impénétrable entoure sur la terre?
Dieu nous aime, il suffit : de ses sages décrets
Evitons de scruter les uniques secrets.
Prenons avec douceur la coupe d'amertume.
Le chagrin quelquefois n'est qu'une folle écume,
Dont les flots désolants semblent nous inonder :
A cet aspect si vain pourquoi s'intimider?

Je vois un monstre affreux exercer le ravage
Avec son aiguillon porté de plage en plage :
Cherchant à se nourrir du suc des passions,
Il rêve les amours et les ambitions,
Qui veulent posséder les biens illégitimes,
Et l'aident à marquer ses tremblantes victimes,
Jamais il ne connaît les célestes clartés;
L'égoïsme et l'orgueil marchent à ses côtés,
Et, lui servant d'appui dans l'horreur des ténèbres;
Entretiennent le fil de ses trames funèbres;

Mais, surtout, c'est au gouffre où bout l'impiété,
Qu'il puise l'aliment de sa fatalité.

Autour d'un malheureux quand son ombre voltige,
S'il peut envelopper d'un funeste prestige
Cet être qu'éblouit le charme destructeur,
Il approche avec soin son pas fascinateur,
Et souffle ces mots : Viens, je calmerai les peines
Dont tes heures en deuil ne cessent d'être pleines;
A quoi sert de rester en ce monde où s'enfuit
Le bien que vainement ta fatigue poursuit?
Prends cette arme, et finis le tourment déplorable
Que te fait éprouver un sort impitoyable.
Ah! si l'infortuné, se jetant à genoux,
S'écriait : Dieu puissant, j'ai confiance en vous,
Ne m'abandonnez pas! là fervente prière
Sans nul doute mettrait en fuite sa misère,
Et lui rendrait un peu cette sérénité,
Privilége si beau dans un âge enchanté.

Sur le front d'un chrétien si la mélancolie
Semble faire pâlir les clartés de la vie,

Ce n'est pas que, jaloux d'un poste ambitieux,
Il ait à regretter des pas infructueux;
Qu'aimant à se livrer aux trompeuses délices,
Il ne puisse jamais contenter ses caprices;
Qu'arraché tout à coup à la prospérité,
Du haut de son aisance il soit précipité;
Ou qu'ayant contracté des amitiés frivoles,
Il se trouve éclairé par d'indignes paroles;
Ce n'est pas qu'éprouvant un sensible malheur,
Sans force il s'abandonne aux traits de la douleur:
Non: c'est que, recherchant une grâce suprême,
Il craint à tout moment de perdre ce qu'il aime,
Et qu'aux divines lois pliant sa volonté,
Il tremble cependant sur sa fragilité;
Qu'il a compris le poids des liens périssables;
Qu'il ressent vivement les maux de ses semblables:
C'est qu'il songe aux tourments subis par le Sauveur,
A cause des péchés d'un monde corrupteur.
Mais ses larmes ne sont jamais que passagères,
Et d'un baume secret les effets salutaires
De le tranquilliser ont toujours le pouvoir.
Au pied des saints autels il retrouve l'espoir.

Douce religion, à l'ombre de tes ailes
Que tu sais ranimer tes disciples fidèles !
Sans cesse leur montrant l'auguste vérité,
Tu leur donnes la force ou la sécurité,
Et tandis que près d'eux le vain éclat s'efface,
Les plaisirs inquiets ne laissent point de trace,
Rien dans un cercle étroit n'offre un attrait puissant,
Toi seule, possédant un charme renaissant,
Tu consoles le cœur, et tu relèves l'âme
Que ton élan nourrit de la plus pure flamme :
Ta voix harmonieuse appelle les bienfaits
Pour aider le malheur et remplir les souhaits :
Tu prends l'homme au berceau : ta puissance féconde
Le dirige, à travers les écueils de ce monde,
Vers un but triomphant, digne de ses efforts ;
Il puise en toi le calme ou les ardents transports :
Tant qu'il chérit tes lois, humblement il espère,
En servant le Seigneur, parvenir à lui plaire ;
Et tu promets enfin, pour couronner ses vœux,
Le séjour éternel du royaume des cieux.

LA CHARITÉ.

O vous, mes brebis innocentes,
Venez trouver le bon Pasteur ;
Auprès de moi soyez constantes,
Et suivez votre bienfaiteur.
Et vous, ô brebis égarées,
Pourquoi vous tenir séparées
De mon troupeau que j'aime tant ?
Le bon pasteur donne sa vie
Pour la brebis qu'on a ravie
A son amour persévérant.

Je ne suis point le mercenaire
Qui, chargé du soin d'un troupeau,

Ne voit jamais que le salaire,
Et semble traîner un fardeau :
Dans le péril, il abandonne
Les brebis, quand lui s'environne
De la plus grande sûreté ;
Et si le loup saisit la proie,
Le mercenaire a de la joie,
Avec son salaire compté.

Mais j'ai dans d'autres bergeries
Bien des brebis qui sont à moi ;
Elle sont des brebis chéries,
Et subiront ma douce loi.
Il faut qu'un jour je les rassemble,
Pour qu'avec les autres ensemble
Elles fassent un seul troupeau.
Comme je me fie à mon Père,
En moi chaque brebis espère,
Et je prends sur moi son fardeau.

C'est ainsi que le Christ a témoigné sans cesse
Pour notre humanité sa divine tendresse,

Et qu'en préceptes pleins de ferme vérité,
Il nous a dévoilé la sainte charité.
O féconde chaleur qui ranimes les âmes,
Goûterons-nous sans fin tes ravissantes flammes?
Par delà les hauteurs de nos cieux azurés,
Dans la hauteur sereine aux rayons éthérés,
Un jour pour les élus ciel devenant visible,
S'élève du seul Dieu le trône inaccessible :
Inclinés devant lui, les esprits bienheureux
Possèdent le trésor qui dépasse leur vœux :
D'un merveilleux amour la source intarissable
Inonde constamment leur être impérissable ;
A leur tour, transportés d'une sublime ardeur,
Ils adorent toujours leur immuable auteur.
Là l'éternelle paix règne au milieu des anges,
Qui forment un concert de parfaites louanges ;
Là sont les séraphins qui, sur leurs harpes d'or,
Des ineffables chants accompagnent l'essor,
Et de l'hymne sacré la céleste harmonie
Se répand en torrents de douceur infinie.
Moments délicieux de l'immortalité,
Qui peut se figurer votre félicité?

Comme les astres qui gravitent
Vers un magnifique soleil,
Et dont les chars se précipitent
Au sein d'un accord sans pareil,
Quand des cieux le profond empire
Jamais n'éprouve le délire
De leur choc dans l'immensité,
Tant que leur marche radieuse
Se déroule mélodieuse,
Et pleine de sérénité :

Ainsi de la famille humaine
Se manifeste le bonheur,
Quand la justice souveraine
Place l'amour au fond du cœur,
Quand, renonçant à l'artifice,
Chacun transforme en sacrifice
Une part de sa liberté,
Et, quand voulant l'ordre suprême,
On se conforme à la loi même
Que traça la Divinité.

Ainsi la terrestre patrie
Favorise tous ses enfants,
Et les tient, dans leur force amie,
Devant un chef obéissants,
Dès que le pouvoir unanime
Selon l'équité magnanime
Etablit sagement les droits,
Et dès que le peuple tranquille
De vertus orne son asile,
Et se soumet au joug des lois;

Ainsi, du bien donnant l'exemple,
Un heureux père est honoré;
Ainsi l'âme cache le temple
Où règne un souvenir sacré,
Où les différentes pensées,
Autour d'une seule pressées,
Forment une calme union,
Où, lorsque brille l'innocence,
La joie exerce sa puissance
Dans une sainte affection.

Amour, sentiment sûr qui sais tarir les larmes,
Et préparant la paix, partout répands des charmes,
En toi nous possédons un présent souverain,
Digne de relever le sort du genre humain.
Est-il une douceur à ta douceur semblable,
Un son mélodieux qui te soit comparable,
Un beau fruit comme toi pur et délicieux,
Un présage certain plus que toi gracieux?
En descendant un jour de la source éternelle,
Tu voulus consoler la nature mortelle :
Foyer de notre cœur, âme de l'univers,
Ton bienfait réunit tous les bienfaits divers.

Après qu'une parole eut produit la lumière,
Quand Dieu fit entr'ouvrir à l'homme sa paupière,
D'inestimables biens le comblant sans effort,
Il lui remit un don triomphant de la mort.
Amour si généreux, ta céleste origine
Devait marquer ton front de l'empreinte divine;
Ton élan, remontant auprès du Créateur,
Tendait à rapprocher l'âme de son auteur.

Mais un nuage obscur, répandant ses ténèbres,
Transforma les clartés en des voiles funèbres,
Car l'homme n'ayant plus suivi la vérité,
Abandonna ses droits à la félicité.
Oh! qu'il dut déplorer son infortune immense,
Quand, perdant tout à coup sa première innocence,
Il sentit aussitôt les épaisses vapeurs
Qui venaient de l'amour étouffer les ardeurs!
Et le cœur se plongeant dans les folles délices,
Conduisait les mortels au fond des précipices.
Loin de ce mal profond vécurent quelques saints :
Adorant du vrai Dieu les sublimes desseins,
Par les oracles sûrs révélant leur patrie,
Ils savaient rejeter la vile idolâtrie,
Et le dépôt sacré transmis aux descendants,
Restait entre les mains des fidèles enfants.
Puis, quand au jour prédit vint le Christianisme,
Le Sauveur, qui parut au sein du judaïsme,
Apporta de l'amour les exemples parfaits.
De cette juste loi les termes sont complets :
Vous devez aimer Dieu de vos forces suprêmes;
Ensuite, le prochain l'aimer comme vous-mêmes.

Céleste dévoûment, tu rêves le bonheur.
Amour pur, on te doit la délicate fleur,
Qui s'élève penchée au-dessus de sa tige,
Et dans la joie intime exerce un doux prestige,
Le suave parfum qui sort de l'encensoir,
Le ravissant aspect se déployant le soir.
Bonté, rayonnement qui ne cesses de plaire,
Ta force nous soutient et ton feu nous éclaire.
Tendresse, bienveillance et sensibilité,
Dans vos soins prévoyants que d'amabilité !

O temps civilisés que réclame notre âge,
Quand se verra l'éclat de votre beau partage ?
Quand l'adoucissement et le progrès des mœurs
Donneront-ils la paix à la plupart des cœurs ?
Est-il donc suffisant d'acquérir la science,
Dont le secret, d'ailleurs, confond notre impuissance,
Et qui montre le bord de son immensité
Surtout pour attirer vers la divinité,
Si les yeux, se couvrant d'un bandeau déplorable,
Laissent l'âme en péril dans la nuit effroyable ;
Si l'orgueil est pressé de se faire estimer ;

Si, cherchant à savoir, nous oublions d'aimer?

Oui, nourrissons l'esprit, ouvrons l'intelligence;

Surprenons la grandeur et la magnificence

Au sein des profondeurs où brillent couronnés

Les mondes merveilleux de cieux environnés,

Dans les trésors divers enrichissant la terre,

Dans les plantes sans nombre ou le grain de poussière,

Dans le vivant chef-d'œuvre entre tous éminent,

De gloire et de misère assemblage étonnant :

Mais, saisis de respect, disons : O Providence,

Quelle doit être donc votre sublime essence,

Puisque partout se lit votre ordre souverain,

Puisque vous fécondez le creux de votre main !

Connaîtrons-nous un jour vos splendeurs adorables,

Et l'unique ressort de vos lois innombrables,

Source de l'existence et de la vérité,

Afin de vous bénir dans votre éternité?

Ah ! puissent les humains, unis comme des frères,

Ne pas être jaloux de leurs destins prospères,

S'aider dans le malheur, craindre de s'irriter,

Et, sans le dur défi, savoir se supporter !

7.

L'honneur n'est pas ce monstre au visage farouche,
Qui recherche le sang l'injure sur la bouche.
C'est l'honneur qui conduit nos valeureux soldats,
Et les porte en triomphe au milieu des combats :
Il maintient les traités, respecte l'armistice,
D'une fausse conquête éloigne l'injustice.
L'honneur! c'est la vertu, l'héroïque bonté,
C'est le travail utile à la société.
Qu'on se dépouille enfin d'un préjugé perfide.
Quand la première fois fut commis l'homicide,
Les cieux épouvantés durent frémir d'horreur,
Et la terre éprouver une sombre terreur,

Mon Dieu, vous demandez que pardonnant l'offense,
Nous sachions mériter votre sainte indulgence,
Nous accablés du poids de la fragilité,
Qui devons condescendre avec humilité.
Dans le vaste univers imperceptible atome,
L'homme ici-bas souffrant passe comme un fantôme :
A peine de sa mère ont cessé les douleurs,
Que lui-même commence à répandre des pleurs ;
Il ne peut prolonger sa débile existence

Sans qu'une tendre main lui promette assistance,
Garantisse avec soin ses membres délicats
De la moindre secousse au sein des embarras,
Sans qu'un aliment pur s'épanche avec largesse
Pour le développer en sauvant sa faiblesse;
Ensuite, le regard surveille constamment
De son pied qui fléchit l'incertain mouvement;
Il grandit, et bientôt enfoncé dans l'étude,
Ou d'un obscur destin portant la servitude,
Il implore un conseil, un appui protecteur,
Et pour s'encourager cherche un consolateur :
Enfin, comme la barque à son anneau ravie,
Il s'élance à travers les écueils de la vie ;
La brise caressante appelle les autans,
Qui menacent ses jours sur les flots inconstants ;
Il avance, il hésite, il regrette la plage,
Et craint de s'exposer aux suites d'un naufrage,
Heureux s'il sent l'attrait des nobles passions,
Et sait être prudent dans ses affections.
Mais, semblable à l'or pur dont la terre est avare,
La sagesse surprend dans son modèle rare.
Et qu'est-elle, Seigneur, sans le divin secours

Qu'aux élans d'un cœur droit vous accordez toujours ?
Que sommes-nous privés de la grâce suprême,
Dont la source descend sur l'âme qui vous aime ?
Et pourtant vous donnez cet amour bienheureux,
Qui de l'homme immortel devrait combler les vœux !
Daignez, environné d'une gloire infinie,
Oublier le fardeau de notre ignominie,
Et dire ces mots pleins de céleste douceur :
Venez, ô mes brebis, je suis le bon Pasteur.

LE PUR AMOUR.

Pardon, Seigneur, mon âme tremble,
Et mon corps tombe à vos genoux :
Devant votre adorable ensemble,
Comment oser parler de vous ?
Entre votre face éternelle
Et le regard de ma prunelle,
S'étend le voile de la foi,
Et tant que je suis sur la terre,
De ce qui tient à la poussière
Je dois sentir la dure loi.

Je sais que la lyre des anges
Et le doux chant des bienheureux

A peine disent les louanges
Que vous méritez dans les cieux,
Et moi, mortel si misérable,
Après le péché méprisable,
Vers vous j'élèverais mon cœur !
Que la salutaire pensée
De ma petitesse insensée
Fasse naître un regret vainqueur.

On a vu l'âme téméraire,
Voulant sonder l'immensité,
Loin de votre éclat tutélaire
Connaître la perversité.
Hé ! que devint l'esprit rebelle,
Quand de la grandeur immortelle
Il crut surprendre le secret,
Et, sans laisser même la trace
De sa chute à travers l'espace,
Qu'il subit le divin décret?

L'insecte qui vole sur l'herbe
Et caresse les tendres fleurs,

Au sein de la clarté superbe
Conserve ses vives couleurs,
Tant que, dans un élan docile,
Fidèle à son riant asile,
Il ne quitte pas l'horizon,
Où, de son allure légère
Et de sa lutte passagère,
Il sait réjouir le gazon.

Mais si trop près de la lumière
Ses ailes prennent feu soudain,
Il manque aussitôt la carrière
Qui l'attendait le lendemain ;
De son existence qu'il traîne
Portant alors la lourde chaîne,
Il n'a pour fuir aucun appui,
Et, privé de toute sa joie,
Il devient la facile proie
D'ennemis plus puissants que lui.

Oui, l'homme, faible créature,
En butte à la fragilité,

Ne saurait selon sa nature
Avoir assez d'humilité :
Si, soumis à votre puissance,
Le cœur plein de reconnaissance,
Il lève devant vous son œil,
Mon Dieu, qu'il s'arrête sans cesse
A sa limite de bassesse :
L'extase est si près de l'orgueil !

Cependant l'âme surabonde
Parfois, Seigneur, d'un sentiment,
Qui lui fait oublier le monde,
Et la domine entièrement :
Tantôt une douce pensée
De venir semble être pressée
Pour chasser le pesant sommeil,
Et tantôt le flot de la grâce,
Comme une vague qui repasse,
Montre l'image du soleil.

C'est que votre bonté divine,
Jalouse de verser le bien,

A chaque front qu'elle illumine
Présente un consolant soutien,
Et, dans les plus rudes épreuves,
Si vous daignez donner les preuves
De votre paternel secours,
A l'instant, éloignant la peine,
Votre surveillance ramène
La sécurité des beaux jours.

Mais, pour jouir tout à son aise,
Seigneur, de votre vérité,
Il faut encor que l'on vous plaise
Sans une feinte austérité ;
Pour goûter la manne céleste,
Rejeter le poison funeste,
Et guider sûrement son pas,
Il faut craindre les choses vaines,
Renoncer aux fêtes mondaines,
Et fuir le dangereux fracas.

Pourquoi ces frivoles maximes,
Conduisant à l'iniquité ?

Pourquoi couvrir les noirs abîmes
De fleurs avec légèreté?
Pourquoi la fine médisance,
Insinuant avec aisance
La malice d'un sens suspect?
Pourquoi les amitiés trompeuses,
Les trahisons si douloureuses,
Le vice usurpant le respect?

Jésus a condamné le monde,
Ne voulant pas prier pour lui,
Car sur sa vanité profonde
Le flambeau sévère avait lui.
Mais, loin de l'autel, c'est un temple,
Où le faste avide contemple
L'attrait, qui s'oppose à l'attrait
De celui dont la gloire immense,
Au sein de la magnificence,
Se manifeste à chaque trait!

Sans doute, il faut vouloir apprendre
Le sens des mystères sacrés,

Avec toute joie entreprendre
De fêter les jours consacrés,
Prier avec persévérance,
Et se fier à l'assurance
De la divine charité,
Pratiquer l'aumône efficace,
Adorer, recherchant la grâce,
En esprit comme en vérité.

Mais la sainte condescendance
Vient au-devant de nos besoins,
Et si notre correspondance .
Se prête à vos aimables soins,
Nous trouverons notre ressource
Dans cette merveilleuse source
Qui jaillit sur chaque mortel,
Car vous voulez sauver les âmes
De tous, et vos secrètes flammes,
Seigneur, sortent de votre autel.

Ainsi, quand la douce rosée
Descend tranquille dans la nuit,

De la terre fertilisée
Vous favorisez le produit,
Et, tandis que les sombres voiles
Font mieux ressortir les étoiles
Dont s'embellit le firmament,
Votre infatigable sagesse
Répand ses dons avec largesse,
Et protége chaque élément.

Oh ! séparez-nous de nous-mêmes
Et de toute cupidité,
Seigneur, dont les douleurs extrêmes
Soulagèrent l'humanité.
Entre l'arche surnaturelle
Et la déchéance cruelle,
Le combat existe sans fin,
Jusqu'au moment où la lumière
Se dégage de la poussière,
Et s'envole vers son destin.

Grand Dieu, protégez ma faiblesse,
Guérissez mon infirmité,

Et daignez effacer sans cesse
Le tort de mon indignité,
Afin qu'un jour soit apportée
A ma misère supportée
Votre huile pleine de douceur,
Et que votre clarté féconde
M'enlève aux peines de ce monde,
Et me mérite le bonheur.

LA DOUCEUR.

Je connais une tendre fleur
    Qui souvent parfume,
    Dès que dans le cœur
    La bonté s'allume :

Du ciel serein heureux reflet
    Sur ce qui respire,
    De l'humble sourire
    Triomphe complet ;

Sûr élan de l'obéissance,
    Ne blessant jamais,
    Doué de puissance
    Par ses seuls attraits;

De la bienveillante parole
Effet souverain,
D'un mot qui s'envole
Chassant le dédain;

Regard de profonde tendresse
Sur l'aspect souffrant,
Que bénit sans cesse
Le malheur touchant;

Et dans une calme nature
Charme renaissant,
Pour la créature
Tableau ravissant.

L'astre paisible des nuits semble
Jeter sa clarté
Sur le lac qui tremble,
Pour l'œil enchanté.

Quand le jour ouvre sa carrière,
L'éclat tempéré

Voilant la lumière,
Sera préféré.

On voit le gracieux nuage,
Fantasque ornement,
Passagère image
Au bleu firmament;

Au sein d'une verte campagne
Les produits aimés,
Près de la montagne
Les champs embaumés;

Et, pour fuir la chaleur ardente,
Le feuillage épais,
Menant à la pente
Des sentiers plus frais.

Mais il est de ces fruits perfides
Que laisse mûrir le sillon,
Cachant leurs flèches homicides
Quand la faim sent son aiguillon;

Il est de ces fleurs dangereuses,
Dont les apparences trompeuses
Sauraient amener le trépas :
Que jamais le doigt ne les touche,
Et qu'on en préserve la bouche,
Quand vers eux se porte le pas.

Dans notre espèce misérable
Se rencontre ce triste fard,
Que le mensonge déplorable
Sait colorer avec tant d'art :
Fuyez la ruse décevante
De ce mal digne d'épouvante,
Dont les ravages sont mortels ;
Pour mieux conjurer la malice
De la fausseté corruptrice,
Venez au pied des saints autels.

Un jour apparut sur la terre
Le modèle de la douceur :
Du monde je suis la lumière,
Dit-il, enseignant la candeur.

8

Heureux qui, jaloux de vous plaire,
Seigneur, à l'ombre tutélaire,
En vous cherche son aliment,
Et, dans la route fortunée
Où l'appelle sa destinée,
Goûte votre rayonnement.

LA SENSIBILITÉ.

Elan qui ne cesses de plaire
Et dont le principe est au cœur,
Sans un mobile salutaire
Que peut ton partage vainqueur?
Le ciel, en te laissant l'empire,
Mit les larmes dans ton sourire,
Et le soupir dans ta bonté :
Il sut te couronner de charmes,
Et pour dissiper les alarmes
T'envoya la sérénité.

Nous ressentons toute la joie
D'un ami content de son sort;

A l'instant pour lui se déploie
Notre courage sans effort ;
Dans les sentiers quelquefois rudes
Nous prévenons ses lassitudes,
Le soutenant jusqu'à la fin.
O généreuse sympathie,
De miel tu veux nourrir la vie,
Et tes feux dorent son déclin !

Quand la plainte se fait entendre,
Nous gémissons à notre tour :
Des sons joyeux viennent répandre
Le plaisir dans notre séjour.
Ainsi la flamme rayonnante
Étend sa chaleur bienfaisante
Sur les alentours éclairés.
Ainsi la fraîcheur matinale,
Qui tombe des cieux inégale,
Ranime les champs altérés.

Qu'entends-je ? des cris d'allégresse
Retentissent de toutes parts ;

L'avide foule, dans l'ivresse,
Vers un point porte ses regards :
Un héros, entouré de gloire,
A dû remporter la victoire
Dont le laurier était certain.
Le noble instinct de la patrie
Recueille dans l'âme attendrie
Un entraînement souverain.

C'est vous surtout, mère adorée,
Qu'éprouve en secret la douleur,
Dès qu'une famille éplorée
Craint la visite du malheur.
Prête à calmer l'inquiétude,
La touchante sollicitude
Veille entière jusqu'au moment,
Où votre étoile importunée,
Loin d'une chère destinée,
Veut soustraire l'événement.

Bientôt d'une aurore paisible
Le rayon va s'épanouir,

8.

Car la menace à l'œil terrible
Se hâte de s'évanouir.
De vos enfants combien s'empresse,
Dans une étreinte enchanteresse,
L'épanchement plein de candeur!
Votre repos se renouvelle,
Et cette grâce solennelle
Vous inspire une vive ardeur.

Tous les enfants n'ont pas leur mère,
Tous n'ont pas un solide appui
Sur cette terre passagère,
Où le soleil pour l'homme a lui.
Petite fille si rieuse,
Vous penchez toute soucieuse
Un front qu'agite le tourment;
De son coloris dépouillée,
Votre joue, hélas! est mouillée,
Et se flétrit subitement.

A-t-on négligé la caresse
Versant les roses du matin?

Vous refuse-t-on la tendresse
Réjouissant votre destin?
Oh ! la clarté vous parut belle
Auprès de l'aile maternelle,
Quand de grands yeux ouverts sur vous,
Brillaient de lueurs bienveillantes,
Et que tant de peines charmantes
Écartaient l'avénir jaloux.

Cependant un funeste orage
Emporte la félicité,
Et sur la planche du naufrage
S'éteint votre sécurité.
On tend une main secourable
A l'infortune formidable,
Qui se mêle à vos jeunes ans;
Mais vous demandez le sourire
De l'ange que le ciel retire
Dans ses asiles ravissants.

Quand saint Vincent voit, dans la fange,
Abandonné l'être souffrant,

Comme feraient les bras d'un ange,
Il le relève tremblotant.
Quoi ! cette frêle créature,
Devant le Dieu de la nature,
De froid exposée à périr !
Une âme par lui rachetée
En pâture serait jetée
Aux abîmes prompts à s'ouvrir !

Aussi que de phalanges saintes,
S'avançant d'un pas courageux,
Des murs franchissent les enceintes
Pour secourir les malheureux !
Allez, nos sœurs, vers les contrées,
De gratitude pénétrées,
Courez, guérissez le tourment.
L'Orient contemplait naguères,
Dans les batailles meurtrières,
Votre efficace empressement.

Et vous, soyez au bout du monde,
Fervents apôtres de la paix,

Pour que la parole féconde
Donne les célestes bienfaits.
Comme l'étincelle électrique,
Votre fidélité magique
Sait atteindre le souffle humain,
Et l'enthousiasme facile
De votre dévoûment agile
Renverse tout obstacle vain.

Pitié, sentiment ineffable,
Notre bon Sauveur t'éprouva,
Plaignant Jérusalem coupable,
Et son beau visage pleura,
Devant la dureté perfide
D'un peuple au penchant déicide,
Digne du cruel châtiment,
Et l'humanité, dans Lazare,
Trouve le gage le plus rare
Du sublime attendrissement.

Évitons le rocher sauvage
Qui, frappé de stérilité,

Semble chercher le sec nuage
Fréquentant son aridité.
Au libre essor l'aigle intrépide,
Détournant un regard rapide,
Porte ailleurs son vol triomphant,
Et la colombe effarouchée,
Que le vent avait rapprochée
De ce désert, fuit en tremblant.

Mortels, conservez bien la source
Coulant pour rafraîchir vos jours.
Que l'existence dans sa course
Ainsi puisse fleurir toujours!
Les fruits naissant en abondance,
Montreront leur tribut immense.
L'exquise sensibilité
Efface l'heure misérable,
Puisant sa douceur admirable
Dans la divine charité.

LE GRAIN DE SÈNEVÉ.

Dans le jardin que, sur la terre,
Le Seigneur étale à nos yeux,
C'est l'arbrisseau que je préfère.
Au peuplier audacieux.

Avec fierté quand tu t'élances,
Bel arbre te tenant si droit,
Et qu'au souffle tu te balances,
Semblant dominer chaque endroit :

Volontiers je lève la tête,
Admirant ton front imposant ;
Mais je crains un peu la tempête
Pour ton asile séduisant.

Humble arbrisseau, sous ton feuillage
Se déployant pour protéger,
La faiblesse a, pendant l'orage,
Un abri sûr à partager.

On voit la chenille traînante,
Qui voudrait prendre son essor,
Choisir ton écorce luisante,
Où se reflète un rayon d'or.

Dans les délices des campagnes
L'abeille ayant fait un butin,
Se jouant avec ses compagnes,
Goûte ton ombrage certain.

Sous l'aile de la Providence,
Ainsi, nobles Petites-Sœurs,
A la passagère existence
Vous savez donner les douceurs.

Avec une candeur affable
Quand vous recueillez votre miel,

Dans votre abaissement aimable
On reconnaît l'amour du ciel.

Votre parfum de modestie,
Se trahissant, flétrit l'orgueil,
Qui, loin du fardeau de la vie,
Aux douleurs dérobe son œil.

Dans le secret de l'espérance
Vous avez, un jour, commencé,
Et de votre persévérance,
Le travail est récompensé.

Les souffrances de la vieillesse,
Sans s'arrêter, réclameront
De votre excessive tendresse
Un zèle que rien n'interrompt.

Et vous deviendrez le grand arbre,
Où l'oiseau se réjouira,
Tandis que des palais de marbre
Souvent le repos s'enfuira.

9

LA TENDRESSE.

Grand Dieu, qui prodiguez sans cesse
Les trésors de votre bonté,
Réveillez en nous la tendresse
Sous l'empire de l'équité :

Car d'où peut venir cette grâce,
Si ce n'est du trône éternel,
Dans l'incommensurable espace
Répandant l'éclat paternel?

Vous distribuez la lumière
Qui console admirablement,
Et savez à notre carrière
Donner le rafraîchissement.

Tandis que nous cherchons le gage,
Assurant quelquefois la paix,
Empressons-nous de rendre hommage
A vos ineffables bienfaits.

Devant un fleuve intarissable
Coulant à pleins bords sans retour,
Il faut que notre grain de sable
S'abreuve de joie à son tour.

Mais, Seigneur, quand votre passage
Vint relever l'humanité,
Vous nous laissâtes en partage
L'exemple de l'aménité.

Aussi les prodiges aimables
Accompagnèrent tous vos pas,
De nos destins inestimables
Montrant les célestes appas.

Pourtant quelle douceur puissante
Dans le sacrifice d'amour,

Qui, par sa force attendrissante
Devait nous subjuguer un jour!

Lorsque je vois, sur le Calvaire,
Monter le vinaigre et le fiel,
Vous songez à nous satisfaire,
En dorant les coupes de miel.

Acceptant les rigueurs pénibles
Pour votre front ensanglanté,
Vous lancez les flèches sensibles,
Qui combattent notre fierté.

Témoins de la douleur divine,
Aurions-nous donc, au lieu du cœur,
Un caillou dans notre poitrine,
Dont nul élément n'est vainqueur?

Si nous rencontrons des tristesses,
Ronces fréquentes du chemin,
Que les saintes délicatesses
Leur tendent aussitôt la main.

Admirable mansuétude
Du Sauveur, Dieu de charité,
Soyez notre constante étude,
Promettant la sécurité.

L'HUMILITÈ.

Oui, Seigneur, nous devons, implorant la lumière,
Reconnaître toujours que nous sommes poussière,
    Ouvrage de vos mains,
Et que vous seul pouvez, dans le secret de l'âme,
Par le don précieux d'une sincère flamme,
    Relever les humains.

Quand je jette un coup d'œil sur l'immense nature,
Des êtres variés j'admire la structure,
    Et je ne vois pourtant
Qu'une bien faible part des éléments sans nombre,
Où la splendeur se voile, en ménageant notre ombre,
    Dans un amour constant.

Partout vous répandez la féconde semence,
Qui sait se reproduire avec magnificence,
    Prévenant les souhaits,
Et portant mon regard jusqu'aux voûtes profondes,
J'envisage, à travers la richesse des mondes,
    De ravissants bienfaits.

Qu'elle est sûre, ô mon Dieu, cette étoile admirable,
Conduisant les efforts vers la face adorable,
    D'où part toute clarté,
Et qu'il faut appeler cette ardeur bienheureuse,
Feu que laisse tomber la source généreuse,
    Éternelle bonté.

Ainsi, quand le rayon, après un flot humide,
Pénètre mollement dans le ruisseau limpide,
    Un reflet gracieux
Présente en hésitant ses paillettes tremblantes,
Qui veulent ressembler aux beautés éclatantes,
    Charme délicieux.

Mais nos pas chancelants comprennent leur faiblesse.
Qui donc avancerait sans la sainte promesse,
    Révélée aux mortels !
Un moment délaissés, nous devenons la boue
Que le rapide char enfonce sous sa roue,
    Loin des sacrés autels.

Puisque, dans vos desseins, vous nous avez faits libres,
Roi suprême des cieux, oh ! que nos moindres fibres
    S'opposent à l'orgueil,
Que nous courbions le front, que nos genoux s'inclinent,
Et que vos vérités, s'abaissant, prédominent
    Pour rassurer notre œil !

Lorsque vos pieds divins eurent touché la terre,
Seigneur, encourageant notre prompte carrière,
    Un mot plein de saveur
Éclaira nos destins en prodiguant les grâces,
Et tâchant de marcher sur vos augustes traces,
    Soyons humbles de cœur.

LE SALUT.

Je voudrais pouvoir dire, ô mon Dieu ! je vous aime
    D'un véritable amour :
Mais quel mortel jamais est-il sûr de lui-même,
    Loin de l'heureux séjour?

Vous, Seigneur, vous aimez d'un amour ineffable
    Pendant l'éternité,
Et l'amour infini, c'est là l'essence aimable
    De la divinité.

Que de fois j'ai troublé votre impuissante image
    Au milieu de mes vœux,
Et n'ai su présenter que le stérile hommage
    D'un cœur défectueux !

9.

Cependant, comme on tire une flèche choisie
    Du merveilleux carquois,
Vous m'avez fait accueil, au début de la vie,
    En me dictant vos lois.

Pourquoi donc renoncer aux maximes augustes
    De l'arrêt souverain,
Qui savent raffermir la poitrine des justes
    Sur les bases d'airain?

Dans les os de mes os, dans l'âme de mon âme,
    Vestige de grandeur,
Puissé-je rencontrer une fervente flamme
    Pour m'inspirer l'ardeur!

Rien ne m'est étranger dans le torrent qui passe,
    M'entraînant avec lui,
Et de l'humanité je regarde la trace,
    Où se montre un appui.

O vous qui comprenez où penche ma détresse,
    Par pitié, sauvez-moi :

Vous devez essayer cet effort de tendresse,
    Digne de votre foi.

Ou plutôt, mes amis, sauvons-nous tous ensemble
    Dans l'élan fraternel :
Il s'agit, pour complaire au Dieu qui nous rassemble,
    D'un amour éternel.

Sans doute, il faut parfois accepter le calice :
    Mais quel est donc l'amour
Qui ne demande pas un peu de sacrifice,
    Devant cesser un jour ?

Le Dieu que nous servons rejette l'indolence,
    Oubli de dignité,
Ne se contente pas d'une froide innocence,
    Et veut l'activité.

Mais dans le feu sacré qu'il dispense à mains pleines,
    Selon son bon plaisir,
Nous sentons les douceurs des plus tièdes haleines,
    Réveillant le désir.

Voulons-nous la richesse? un ciel semé d'étoiles,
    Royaume éblouissant,
En nous comblant de dons laisse tomber ses voiles
    Par un charme puissant.

Cherchons-nous la grandeur? Dans l'attente d'un trône,
    Nous nous réjouirons,
Puisque pour les élus se forme une couronne,
    Dont brillent les fleurons.

Aimons-nous le plaisir? Une joie immortelle,
    Fleuve délicieux
D'un amour sans tourment, toujours se renouvelle
    Dans la gloire des cieux.

LE MALADE.

Vous êtes, ô mon Dieu, témoin de ma souffrance.
Un malheur imprévu me prive de l'aisance,
    Avec ma femme et trois enfants :
Pourtant, j'avais connu de douces destinées,
Et lorsque je voyais les grandeurs fortunées,
    Mes pas n'étaient point intrigants.

Compagne de mes jours, je te savais tranquille :
Que de fois tu voulus distraire notre asile
    Par tes propos délicieux !
Tu semblais admirer ma vie industrieuse,
Et tu ne perdais rien de la gaîté rieuse,
    En vouant tes dons précieux.

Nous songions à guider vers les routes bien sûres,
Par des efforts suivis, ces tendres créatures
　　Cherchant la joie autour de nous :
Le soir et le matin, joignant leurs mains charmantes,
Elles montrent au ciel des âmes innocentes,
　　En pliant leurs petits genoux.

Comment dans l'avenir lire les sacrifices ?
Près des sentiers fleuris s'ouvrent les précipices,
　　Qui menacent notre destin ;
Quand brille d'un lac bleu la face transparente,
Tandis que sur ses flots glisse la barque errante
　　Le salut n'est jamais certain.

Hélas ! un mal secret vient affliger ma vie ;
Voilà bientôt six mois que ma force est ravie
　　Par cet ennemi destructeur :
Je voudrais secouer le poids qui me consume ;
Mais une ardeur cruelle en mon sein se rallume,
　　Et me dévore avec lenteur.

Encor si je pouvais prendre un repos facile
Sur ma couche, et quitter ce fauteuil inhabile
    Au repos dont j'aurais besoin !
Ce qu'on trouve agréable au contraire m'oppresse,
Et je suis obligé, dans ma dure détresse,
    De rejeter le premier soin.

La nuit, quand me fatigue une lourde insomnie,
Je serais abattu par la mélancolie
    Sans l'heureux souffle que j'entends,
Et retenant l'élan de mon gosier pénible,
Je puise quelque charme à ce sommeil paisible,
    Rempli de songes ravissants.

Et maintenant, témoin de ton pâle sourire,
Je sens que ton cœur simple avec grâce m'attire
    Vers un courage consolant ;
Car, si mon pauvre corps était inguérissable,
Il faudrait cependant qu'un but impérissable
    Assurât mon effort tremblant.

Seigneur, quand je contemple, au milieu du supplice
Qu'osa vous infliger la cruelle malice
  De vos nombreux persécuteurs,
Votre amour patient, votre bonté sereine,
Dois-je trop redouter ma supportable peine
  Et mes passagères douleurs?

Ils vous ont sur ce bois, dans leur dessein farouche,
Attaché sans pitié, tandis que votre bouche
  Ne connaissait que le pardon,
Et vous qui nous donniez les préceptes aimables,
Qui répandiez partout vos bienfaits admirables,
  Vous avez subi l'abandon.

Qui pourrait sans frémir méditer le mystère
De la souffrance horrible, où votre ministère
  Epuisa la coupe de fiel?
Vous acceptez, grand Dieu, ce fardeau misérable,
Afin de nous tirer du tourment déplorable,
  En nous faisant gagner le ciel.

Au sein de vos langueurs, devant l'ignominie,
Votre sainte âme goûte en paix, dans l'agonie,
    Le fruit du calice divin,
Et vous réjouissant de procurer au monde
Le salut, vous voulez qu'une force féconde
    L'aide à couronner son destin.

Les méchants, en livrant votre personne auguste,
Ont ainsi fait couler le sang si pur du Juste,
    Et blessé votre tendre cœur.
Dans les jours éprouvés que la puissance accorde,
Le crucifix apprend votre miséricorde
    Et votre ineffable douceur.

On a percé vos mains et vos pieds adorables,
D'un coup de lance atteint vos restes vénérables
    Par une indigne lâcheté.
Ce n'était pas assez des traitements sauvages,
Des discours insolents, des infâmes outrages
    Dans l'abaissement supporté.

Et, plein de repentir, si je rentre en moi-même,
Puis-je trouver dès lors mon infortune extrême,
    Et déplorer un faible sort?
Soutenez, doux Jésus, mon ardeur chancelante,
Quand je sens revenir la rigueur accablante,
    Qui paralyse mon transport.

Mais j'entends un bruit lent, et paraît à ma porte
L'ami qui me visite. O faveur! il m'apporte
    Promptement un meilleur fauteuil.
Qu'il soit béni ce riche, et ceux qui lui ressemblent!
Oh! sans doute il est bon que les hommes s'assemblent
    Pour préserver de tout écueil.

LE MOURANT.

L'automne a secoué les branches frémissantes,
Et le vent a roulé les feuilles jaunissantes
    Dans les creux obscurs du vallon ;
Un voile plus épais s'étend sur la nature,
Et l'oracle empressé dit à la créature
    Les menaces de l'horizon.

L'ami des malheureux est plus près de la tombe ;
Avant la nuit prochaine on craint qu'il ne succombe.
    Emportant de tendres regrets :
On m'invite à porter l'appui de la parole ;
Je songe à recueillir ce qui vraiment console.
    Et j'aide aux sérieux apprêts.

Voilà donc de nos jours quelle est la destinée !
Dans un cercle mouvant ainsi passe l'année,
    Traçant à peine son sillon :
On voit fuir à l'instant la nouvelle carrière ;
Devant l'éternité tout s'envole en poussière
    Comme un rapide tourbillon.

Mais heureux l'homme juste aspirant, dans la vie,
La saine vérité, qui n'est jamais ravie
    A son espoir consolateur !
Sur le point d'expirer, on dirait qu'il adresse
A l'objet de ses vœux des mots pleins de tendresse
    Et d'inaltérable douceur.

    Venez, lumière des lumières,
    Oh ! venez, aimable Sauveur,
    Et que j'entr'ouvre mes paupières
    Devant la céleste faveur.
    J'espère avoir votre huile sainte,
    Qui dissipe d'abord la crainte,

Et rend quelquefois la santé.
Le bon prêtre à la fin dispense
Les trésors de votre indulgence,
Complément de la charité.

Tiens-toi bien tranquille, ô mon âme;
Mon pauvre cœur, réveille-toi,
Dans l'attente de cette flamme
Qui va récompenser ta foi.
Quoi! vous sortez du tabernacle :
Comment mettre le moindre obstacle
A l'amour qui ne tarit pas?
Vous traversez le sanctuaire,
Et votre image du Calvaire
Voudrait partout dire vos pas.

Reine du ciel, prêtez l'oreille
Aux vœux que je forme humblement;
Vous, saint Joseph, dont le bras veille,
Priez pour moi dans ce moment.
A mon cou j'ai le scapulaire,
Et la couronne de prière

Tourne souvent entre mes doigts.
Sur cet autel le feu s'allume,
Et je contemple l'amertume
Du Dieu qui règne par la croix.

Dans sa puissance il me protége.
Qu'on écarte ces rideaux blancs,
Pour que le fidèle cortége
Apparaisse à mes yeux tremblants.
Venez, divine nourriture,
Relever la faible nature,
Et transformer mon être humain.
Mais, évitant toute imprudence,
Je dois rester, dans le silence,
Soumis au Maître souverain.

Cependant le pasteur remplit son ministère
     Pour la brebis prête à mourir,
D'une suave voix expliquant le mystère
     Qui n'est fait que pour secourir.

Au souffle du printemps, une neige odorante
     S'échappe des arbres en fleurs,

Et les prés émaillés qu'un beau soleil enchante
    Laissent voir de vives couleurs.

Bientôt l'été s'annonce, et le champ donne au monde
    Le fruit de la séve tiré,
Et la moisson répand, par la bonté féconde,
    Le pur froment si désiré.

Les anges assistaient au festin qu'à cette heure
Le malade goûtait plein de recueillement,
Et les oiseaux du ciel, non loin de sa demeure,
Semblaient se réjouir dans leur gazouillement.

LES REGRETS.

A nos yeux se présente un tableau déplorable.
Qu'elle est à redouter cette fin misérable
    Que l'incrédule voit venir !
Quoi ! quitter tout à coup les rêves de la vie,
Et chasser les projets dont elle était remplie,
    En face d'un sombre avenir.

    Que m'a valu le bruit du monde ?
    Que reste-t-il de mes désirs ?
    J'ai préféré le flot immonde
    Aux seuls véritables plaisirs.
    Je n'ai cherché que la richesse,
    Et j'ai vécu dans la mollesse

Sans souci des infortunés.
Quand se présentait à ma vue
Le malheur dans son étendue,
Ses vœux étaient abandonnés.

Je croyais, par la faible obole
Qu'un passant savait obtenir,
Faire assez pour la parabole
De Lazare venant bénir ;
Et, quand j'attirais à ma table,
Autour d'un festin délectable,
Un choix de mes joyeux amis,
J'oubliais qu'un pauvre à ma porte
Attendait, dans la faim plus forte,
Le secours qu'il s'était promis.

Mon Dieu, tandis qu'à votre temple
Accourait un peuple pressé,
Peu touché devant cet exemple,
Mon cœur n'était pas empressé.
Je voyais presque un sacrifice
Dans les instants qu'à votre office

Je passais le jour consacré.

Je me plaisais aux chants profanes,

Et je dédaignais les organes

De votre cantique sacré.

Quand la solennelle parole

Retentissait dans le lieu saint,

Pour écarter un jeu frivole

Rarement je me suis contraint.

Dans le sel des plaisanteries

Et les légères railleries,

S'écoulait un temps précieux.

Le trait d'une langue mordante,

Chère à la vogue médisante,

Nous paraissait délicieux.

Disait-on que la pénitence

A nos penchants sait mettre un frein,

Mon regard plein d'indifférence

Rejetait un pareil dessein.

Quoi ! se gêner en cette vie,

Pour que la santé soit ravie,

Et la peine arrive toujours !
Jouissons de notre fortune :
Toute maxime est importune,
Quand elle enlève les beaux jours.

Ce sont peut-être là les amères pensées,
Qui viennent assaillir des âmes oppressées
     Par un souvenir accablant,
Et la minute fuit emportant les secondes,
Et de pâles clartés illuminant deux mondes,
     Signalent un spectre tremblant.

Remords, tyran cruel, comment à ton supplice
     Saurait-on jamais échapper ?
Celui qui sent le poids d'une froide malice,
     Peut-il soi-même se tromper ?

L'arrêt est prononcé sur toute créature
     Qui librement renonce au bien :
Reprenons au plus tôt cette route si sûre,
     Où nous aurons notre soutien.

Le Sauveur tend les bras avec miséricorde
     A ceux qui cherchent son appui :

Hâtons-nous de jouir du bienfait qu'il accorde,
    Et pleins d'amour soyons à lui.

Quelquefois des parents, ô cruelle prudence!
    Eloignent le doux confesseur,
Comme si le bon Dieu, dans sa magnificence,
    Pouvait aux hommes faire peur.

De la fausse amitié qu'on doit craindre les piéges
    Aux portes de l'éternité!
Et pourtant chaque jour, ô mort! tu nous assiéges,
    Renversant notre vanité.

DÉSIR.

Au bas de votre auguste temple,
A peine osant lever les yeux,
Dans le respect je vous contemple,
O Maître souverain des cieux !

Vous êtes la beauté suprême,
Dont le divin rayonnement
Efface la souillure même,
Regrettant son aveuglement.

Frivoles souvenirs du monde,
Fuyez de ce lieu redouté,
Où le sage avenir se fonde,
Où réside la majesté.

10.

Mais, Seigneur, à travers les voiles
Se manifestent vos splendeurs,
Comme vous semez les étoiles
Illuminant les profondeurs.

Si nous pouvions voir votre face,
Surpris que deviendrions-nous ?
Loin de la terrestre surface,
Les élus sont à vos genoux.

Dans l'hommage de la prière,
Je dois toujours considérer,
Avec le poids de ma misère,
Votre bonté pour l'adorer.

Ici règne en votre présence
Ce qui fait palpiter nos cœurs,
Et domine l'indifférence
Par tous les prodiges vainqueurs :

La croix, dont le touchant langage
Donne la consolation,
Unique espoir, douloureux gage
Sauvant par la rédemption ;

Au fond du sacré tabernacle
Un Dieu qui se cache humblement,
Comme au mystère du cénacle
Nourrissant généreusement ;

La chaire, exhaussement sublime,
D'où descendent les flots puissants,
Tantôt retentissante cime,
Tantôt accents attendrissants ;

Fontaine dont l'eau vive coule
Sur le front béni de l'enfant ;
Tribunaux qu'assiége la foule,
Cherchant un pardon triomphant.

Merveilleuses cérémonies,
Des chants majestueux accord,
Vos ineffables harmonies
Réveillent un secret transport.

Lampe, ornement du sanctuaire,
Reposant les yeux enchantés,
Répands ta mystique lumière
Pour attirer vers les clartés.

Qu'elle est admirable la voie
Enseignée aux faibles mortels,
Et les conduisant à la joie
Que préparent les saints autels !

Montrez-vous, vérité parfaite,
Dont l'esprit a soif ici-bas,
Et que mon âme satisfaite
Goûte vos ravissants appas.

Vers un terme digne d'envie
Il faut que tende mon effort,
Car c'est pour posséder la vie
Que l'homme est soumis à la mort.

Bienheureuse l'âme fidèle
Devant la céleste équité,
Qui, sans ombre, dans le modèle
Verra l'éternelle beauté !

LA PAROLE.

Bruit céleste, sainte parole,
Retentissant dans l'univers,
Dont le charme profond console
Et ravit les êtres divers,
Oh ! qu'une sincère pensée,
Loin de toute gloire insensée,
Me ramène vers vous soudain,
Et qu'un rayon de votre flamme,
Venant illuminer mon âme,
Exerce son pouvoir certain.

En tirant du chaos le monde,
Dieu dit à la lumière : Sois,

Et cette parole féconde
A l'instant imposa ses lois.
Avec ordre, les créatures,
Se rangeant suivant leurs natures,
Firent leur apparition,
Et l'homme, ravissante image,
Formé comme un vivant hommage,
Acheva la création.

Dans la prévoyance adorable,
Sachant accomplir les souhaits,
Toujours la parole admirable
Répandit les puissants bienfaits.
Par Moïse, par les prophètes,
Du haut des redoutables faîtes,
L'éternelle voix prononça,
Et quand brilla l'éclat du Juste,
De la bouche la plus auguste
Le doux langage s'annonça.

Flambeau sacré de l'Évangile,
Fortifiants enseignements

Qu'il fallait à l'être fragile,
Ineffables commandements,
Merveilleuses béatitudes,
Du vrai Pasteur sollicitudes
Allant du vieillard à l'enfant,
Paraboles, touchants oracles
Renversant les vains simulacres,
D'un mot empire triomphant.

Prodiges de miséricorde,
Miracles si remplis d'amour,
Soupir auquel la grâce accorde
La paix du rapide séjour,
Du ciel magnifiques promesses,
Pourtant menaces vengeresses
Qui confondent l'iniquité :
Ainsi, Seigneur, votre passage
Apporta le sublime gage
De la souveraine bonté.

Mais, lançant la barque de Pierre
Sur l'océan tumultueux,

Vous assurâtes la paupière
De votre Église sous les cieux,
Et cette épouse magnanime,
Que le devoir fidèle anime,
Vous rend les dons de votre cœur,
Dans un domaine pacifique
Conservant le dépôt unique,
Jusqu'à la fin des temps vainqueur.

Aussi, majestueux conciles,
Quand vous dites : Rome a parlé,
Tremblent les schismes indociles,
Dont l'artifice est ébranlé.
Les doctrines de l'hérésie,
Champ où germe la zizanie,
Dans la variabilité,
Pareilles aux morceaux de verre
Où vient se mêler la lumière,
Se brisent sans la vétusté.

Dispensez-nous, mère divine,
L'aliment de votre lait pur,

11

Et que chaque tête s'incline
Devant l'auréole d'azur,
Se dérobant aux sombres voiles,
Et qu'embellissent les étoiles
Du réjouissant firmament,
Pour que nos calmes existences,
Dans l'équité de vos balances,
Atteignent leur couronnement.

Vous prodiguez votre parole
Par les apôtres éloquents,
Et souvent la foule frivole
Est avide d'autres accents.
Cependant, la docte harmonie
Descend de la voûte bénie
Avec des attraits surhumains,
Et tandis que l'oreille écoute,
Détruit le déplorable doute,
Et produit des fruits souverains.

Quand, au milieu de l'allégresse,
Le symbole de notre foi

Se déroule plein de tendresse,
Manifeste appui qui fait loi,
Est-ce le tonnerre suprême
Grondant dans la puissance même,
Avertissement solennel,
Ou le poëme que retrace
Avec une éclatante grâce
L'écho du récit paternel?

Un jour la face de la terre,
Que renouvelle l'Esprit-Saint,
Verra se perdre la dernière
Des erreurs dans l'abîme craint,
Et régner, splendide héritage,
Les palmes du divin partage.
Puisse la catholicité,
Où les âmes vivent ensemble
Dans le lien qui les rassemble,
Des peuples faire une cité !

LA PAIX DE L'AME.

Le vrai repos est désirable,
Et procure un destin meilleur;
Mais votre grandeur admirable,
Qui la célèbrera, Seigneur?
Semblable à cette écorce vide,
Que rejette la bouche avide
Du fruit le plus délicieux,
Pourrais-je, secouant la fange
Où mon infirmité me range,
Balancer l'encens précieux?

Dis-moi quel mal cruel, mon âme,
Semblerait te faire languir?

Où chercher le puissant dictame
Qui parviendrait à te guérir?
Regarde la voûte sereine,
Où va s'attacher toute peine
Échappant à l'isolement :
Tandis que la lumière abonde,
Qu'autour de toi chante le monde,
Pourquoi te nourrir de tourment?

C'est que la nature blessée
Ne surmonte pas la douleur,
Sans qu'une pénible pensée
Éprouve sa part de rigueur;
C'est que souvent une amertume,
Telle que la mouvante écume,
Visite le flot de nos jours.
En vain les fleurs s'épanouissent,
Et les étoiles resplendissent,
La plainte s'exhale toujours.

On doit pourtant fuir la tristesse,
Dont le dangereux aliment

Si nuisible à notre faiblesse,
La porte au découragement.
Heureux, dans son pèlerinage,
Qui profite de l'apanage.
Qu'abandonne à chacun le ciel!
Je sais où se puise la joie,
Mais qu'aisément je suis en proie
A des instants remplis de fiel!

Mon Dieu, donnez-moi l'onde pure,
Que vous versez abondamment
Sur la timide créature
Vous rendant hommage humblement;
Détournez votre face auguste
De la sérénité du juste,
Pour éclairer mon horizon;
Que j'entende la voix intime,
Qui partant de la haute cime
Retentit au fond du vallon.

Oh! que s'élève une louange
Dans le court passage ici-bas,

Et que l'hymne de mon bon ange
Trouve un écho dans mes combats!
Seigneur, plein de reconnaissance,
Que j'exalte votre puissance,
Que je dise votre bonté;
Que de vos desseins soit bénie
Partout la sagesse infinie :
Gloire à vous, Dieu de majesté!

Principe de toute existence,
Père, souverain créateur,
Aimable et sûre providence,
De chaque loi conservateur,
Verbe, fils unique du père,
Eclat d'éternelle lumière,
Esprit, source de sainteté,
Auteur des dons secrets de l'âme,
Du pur amour ardente flamme,
Indivisible Trinité :

A vous, seul Dieu, le sacrifice ,
Et le parfum de nos autels!

Devant l'immuable justice
Que se prosternent les mortels.
Que les peuples soumis adorent,
Et que les élémenis implorent
Le bienfaiteur de l'univers;
S'il est une langue incomplète,
Que l'homme, fidèle interprète,
Sache réunir les concerts.

Cependant vous êtes le maître
De l'immense félicité,
Que tend à poursuivre notre être
Au sein de l'immortalité :
Votre amour suprême dispense
La magnifique récompense
A vos innombrables élus,
Et donne, dans la paix future,
La surabondante mesure
Au delà du prix des vertus.

Hélas! l'impie, au lieu du culte
Qu'il doit à votre vérité,

Osé jeter l'horrible insulte,
Devant le Dieu de sainteté.
Vous pourriez le réduire en poudre,
Ou lancer sur lui votre foudre
Avec un éclatant fracas ;
Mais vous ménagez son audace,
Essayant de fondre la glace
Qui retient ses indignes pas.

De la harpe du roi prophète
Les inimitables accords
Atteignent au sublime faîte,
Ou se livrent aux doux transports,
Et, quand débarrassé du crime
Qui l'avait jeté dans l'abîme,
Des cieux il revoit la splendeur,
Qu'il sait faire pleurer les cordes,
Et chanter les miséricordes
Venant retirer du malheur !

Et vous que la charité presse,
Docile apôtre bien-aimé,

11.

De vos discours profonds, sans cesse,
On reçoit le trait enflammé :
Penché sur la sainte poitrine,
Lorsque de la faveur divine
Vous avez goûté les bienfaits,
De votre bouche attendrissante,
Exprimez la bonté touchante
Qui voulait apporter la paix.

Daignez, Seigneur, chasser le trouble
Loin de nos cœurs qui sont à vous,
Pour qu'avec joie en eux redouble
Le soin de votre honneur jaloux.
Au pied des autels tutélaires
Viennent expirer nos misères,
Et renaît la sécurité.
Mais, afin que la paix se fonde
Dans les épreuves de ce monde,
Il faut la bonne volonté.

LA SECTION DE ZÈLE DU C... R...

Il est des parfums que la terre
Aime à garder pour le Seigneur,
Ceux qui craignant trop de lumière
Répandent un charme meilleur.

Ainsi la tendre violette,
Ayant un abri près des bois,
Attend l'heureuse gouttelette,
Qui là ranime chaque fois.

On puise au réservoir immense
Versant la richessse aux souhaits,
Et Dieu, dans sa magnificence,
Seul assure tous les bienfaits.

De la dévotion si belle
Exhalant la suave odeur,
Membres zélés, à la chapelle
Consacrez une juste ardeur ;

Et sous l'égide tutélaire
Qui sait alléger les fardeaux,
Efforcez-vous toujours de plaire
Au directeur de vos travaux.

Que la sainte âme consolée,
Au milieu des soupirs nombreux
D'une passagère vallée,
S'épanouisse dans ses vœux !

Élevez-vous, auguste asile,
Où nous irons tranquillement,
Courbant notre raison docile,
Fléchir les genoux fréquemment.

Il faut que nos regards humides
Implorent, dans l'humilité,
A côté des marbres splendides,
La souveraine majesté.

LE FIGUIER DESSÉCHÉ.

Un jour le bon Sauveur, dans un champ qu'il rencontre,
Aperçoit un figuier dont les rameaux nombreux
Sont couverts d'un feuillage où la beauté se montre,
Mais où l'œil cherche en vain des produits savoureux.

Notre-Seigneur eut faim, et cet arbre inutile,
Qui d'un luxe apparent semblait s'enorgueillir,
Dans l'espoir incertain, sur la branche stérile,
Ne présentait pas même un gage à recueillir.

Qu'à ton fruit désormais, aimant ce qui console,
Le passant fatigué ne puisse avoir recours :
Et le figuier, atteint par la sainte parole,
Voit périr aussitôt le reste de ses jours.

Dans le bien fraternel prescrit à tous les hommes,
Ne comptons que fort peu sur les grands sentiments :
La théorie abonde, et l'erreur où nous sommes
Quand le devoir oblige, encourt des châtiments.

LE SEMEUR.

Pour cultiver le champ des âmes,
S'avance le divin semeur :
Il veut introduire les flammes,
Que fera croître la ferveur.
Ménageant notre petitesse,
Il s'accommode à la faiblesse,
Qui demande un fardeau léger :
Ouvrons-lui bien nos cœurs dociles,
Où se trouvent les sûrs asiles,
Quand son retour vient protéger.

Sur une route tout ouverte
Le grain tombe inutilement;

Et jamais une feuille verte
N'étalera son agrément ;
Car le sol, nul comme héritage,
Ne saurait avoir pour partage
Que le tumulte discordant,
Et l'oiseau que rend intrépide
La faim, même en son vol rapide,
Rencontre un repas abondant.

Mais dans les cailloux et les pierres
Ce grain peut-il mieux prospérer ?
Hélas ! je plaindrais les paupières
Essayant de les admirer :
Pour la clarté si tôt ravie,
Il est un désert, dans la vie,
Plus triste que tous les déserts,
Et l'opiniâtre ignorance,
Ou la stupide indifférence,
Jette sa honte à l'univers.

Pourtant, le mal que je déplore,
C'est l'inflexible dureté,

Et, tandis qu'une larme implore,
La froide insensibilité.
Comment la cruauté farouche,
Du cœur monte-t-elle à la bouche
En projectiles éclatants?
Quelle révolte au sein du crime !
Contre un Abel, tendre victime,
Caïn suit ses apprêts constants.

Ailleurs, au milieu des épines,
Le terrain voudrait seconder
Les sollicitudes divines,
Toujours prêtes à féconder,
Et les racines impuissantes,
Dans des alarmes renaissantes
Ou des désirs capricieux,
Tant qu'une double lutte accable
Sous la contrainte redoutable,
Manquent leur essor vers les cieux.

Par une crainte salutaire
Et l'obéissance à vos lois,

Que désormais la bonne terre
Se prête aux célestes emplois,
Seigneur, afin que la semence
Atteigne sa magnificence
Dans chaque épanouissement,
Et que les ardeurs généreuses
Cherchent les grâces bienheureuses,
Source de resplendissement.

HYMNE.

(Imitation.)

Je rends hommage, ô belle étoile,
A votre éclat qui sauve du danger,
Quand un orage au sombre voile
Fait sur les flots frémir le passager.

O glorieuse destinée !
Nous honorons votre virginité,
Du ciel promesse fortunée,
Dans les splendeurs de la maternité.

L'ange Gabriel vous salue,
Et vous craignez de déplaire au Seigneur ;

Mais votre parole obtenue
Au genre humain assure un sort meilleur.

Daignez transformer, nouvelle Ève,
En ramenant l'innocence et la paix,
Les maux dont s'éloigne la trève
Dans un exil qui trompe nos souhaits.

Brisez les chaînes des coupables,
A l'œil aveugle envoyez la clarté,
Et rendez nos âmes capables
Des biens offerts par l'immense bonté.

Montrez-vous notre bonne mère,
Et que toujours votre Fils, né pous nous,
Veuille recevoir la prière
Que notre amour lui présente à genoux.

Cependant, Vierge incomparable,
Constant modèle où règne la douceur,
Avec un pardon favorable
Obtenez-nous les fruits de la candeur.

Comme on voit couler l'onde pure
Tranquillement entre des bords heureux,
    Qu'ainsi notre faible nature
Soit prête à fuir les sentiers dangereux !

    Nos cœurs après Jésus soupirent :
Ah ! puissent-ils le contempler un jour,
    Tandis que nos efforts aspirent
A mériter le bienheureux séjour !

    Louange dans les cieux au Père,
Louange au Fils, aimable rédempteur,
    Louange à l'Esprit de lumière,
Ardent amour, divin consolateur.

CANTIQUE.

Salut, ô blanche et pure hostie,
Doux aliment que je n'ose nommer,
Merveille de l'eucharistie,
Que le cœur doit de plus en plus aimer !

Soleil d'éternelle justice,
Faites briller vos sereines splendeurs ;
Chassez au loin toute malice,
Et réveillez nos sincères ardeurs.

Vous êtes la bonté suprême :
Qui mieux que vous protége les humains ?
Par votre sacrifice extrême,
Vous répandez les bienfaits souverains.

Pourtant quelle auguste puissance !
O créateur de la terre et des cieux,
   Plein d'aimable condescendance,
Vous abaissez votre front en ces lieux !

   Manifestez votre sagesse
Pour nous guérir des folles vanités,
   Et guidez notre petitesse,
En l'attachant aux grandes vérités.

   Mais quelle sainteté sublime
Daigne venir habiter parmi nous !
   Que s'entr'ouvre le vaste abîme,
Où disparaît le péché devant vous !

   Vous demandez la confiance
En votre amour qui détruit le tourment :
   Seigneur, dans la reconnaissance,
Je me prosterne à vos pieds humblement.

   Tandis que la troupe des anges
Chante partout votre éclat immortel,

Il faut que nos faibles louanges
Comme l'encens parfument votre autel.

Oh! qu'une suave harmonie,
Timide écho dans l'immense univers,
Dise votre gloire infinie,
En se joignant aux célestes concerts!

Surtout corrigez ma bassesse
Par l'heureux fruit d'une tendre faveur :
Afin de nous aider sans cesse,
Vous pouvez tout, ô mon divin Sauveur.

DEUXIÈME PARTIE.

RECUEILLEMENT.

Le corps est le vase de l'âme,
Et l'âme éprouve les ardeurs,
Qui nourrissent de pure flamme
Les fruits abondant en douceurs.
Heureuse la plaine fertile,
Dont s'entr'ouvre le sein docile
Aux secourables éléments !
Plus heureuse la créature,
S'élevant vers la source pure,
D'où viennent les enchantements !

Si je considère mon être,
Je découvre mille ressorts,

Dont je ne fus jamais le maître,
Étrangers à mes vains efforts.
Le regard plonge dans l'espace,
Où j'ai peine à saisir la trace
Des biens offerts à mes désirs,
Telle que la paille légère,
Dans la tourmente passagère,
Se jouant au gré des soupirs.

J'écoute la juste harmonie
Qui s'annonce dans l'univers,
Grâce à la parole infinie,
Origine des saints concerts.
Au loin, les innombrables mondes,
Déroulant leurs phases fécondes,
Illuminent l'immensité,
Et dans ce globe où ma carrière
Emporte son brin de poussière,
Éclate la diversité.

Terre, autour d'un flambeau splendide,
Poursuis ton orbe gracieux;

Astres, dans l'abîme du vide,
Marquez un pas audacieux :
Au milieu du vaste équilibre,
Molécules, substance libre,
Frémissez sous le doigt divin :
Le grain de sable, la comète
Avec sa traînée incomplète,
Savent le cantique sans fin.

Oh! qu'elle est belle la demeure
Destinée aux pâles humains,
Et qu'ils peuvent, choisissant l'heure,
L'orner de leurs débiles mains!
Pour refouler la barbarie,
Une infatigable industrie
Entreprend les plus grands travaux,
Et bientôt les mers étonnées,
D'un fil magique environnées,
Verront se joindre leurs vaisseaux.

A mes pieds, le ruisseau limpide
Laisse couler ses petits flots,

RECUEILLEMENT.

Et parfois le feuillage humide
Lui verse un tribut de ses eaux;
Mais que s'envole le nuage,
Et pénétrant l'épais ombrage,
Descend une molle clarté,
Et tout devient tendre murmure,
Ou prend un manteau de parure,
Répandant la sérénité.

J'aime, quand revient le silence
Des nuits sous un sceptre indolent,
Dans le rameau qui se balance,
L'hymne plaintif du souffle lent,
Du grillon la faible musique,
Ou le reflet mélancolique
Glissant sur un lac endormi;
Dans l'horizon qui se colore,
L'éclat du soir ou de l'aurore,
Dans mes jours un aspect ami.

Un bruit majestueux s'élève,
Les flots ont quitté leur sommeil,

Et l'Océan jusqu'à la grève
Donne le signal du réveil;
Le temps promène sa furie,
Et le chêne de la prairie
Fait entendre un gémissement;
L'air s'obscurcit, l'orage gronde,
Et le torrent rapide inonde
Les campagnes de son tourment.

L'heureux calme dans la nature,
Avec l'abondance et la paix,
Ramène l'espoir sans mesure,
Appelant de nouveaux bienfaits.
Qui n'apprécie un sûr asile,
Ou ne goûte un repos facile
Sous la protection des lois?
Esclave de son incurie,
Qui veut, en dédaignant la vie,
Négliger ses champs ou ses bois?

Ainsi la puissance suprême
Jette un charme à chaque recoin,

Et dans le simple atome même
Révèle un magnifique soin :
Le soleil dore la parcelle,
Qui vogue comme l'étincelle
Sortant d'un foyer embrasé.
Dans la pluralité des choses,
O que de merveilles écloses,
Confondant l'orgueil écrasé !

Mais est-ce là tout le partage
Que souhaite l'humanité,
Et n'aurait-elle en héritage
Qu'un dehors de félicité ?
Non, ce n'est pas dans la matière
Que la faim d'une joie entière
Trouve son assouvissement :
Ce n'est pas l'avide richesse,
Ou l'insatiable mollesse,
Qui remplit de contentement.

Ah ! je demande un autre fleuve,
Dont les eaux ne tarissent pas ;

Il me faut, au sein de l'épreuve,
Une étoile guidant mes pas,
Pour que la gerbe favorable
Envoie un secours admirable,
Dans sa lumineuse chaleur ;
Il faut que ma bouche timide,
A travers un sentier aride,
Puisse savourer la fraîcheur.

L'intelligence veut connaître
Tout ce qui tend à l'éclairer,
Et le cœur se sentir renaître
Pour aimer, bénir, adorer.
Quand donc se rompra cette glace,
Et cache le feu de la grâce,
Et refroidit mon avenir !
Cependant, ma pauvre paupière,
J'ai besoin, plaignant ma misère,
D'un salutaire déplaisir.

Hélas ! j'ai perdu la couronne,
Perspective des jeunes ans ;

Je ne possède plus le trône,
Récompense de mon printemps,
Et dans la marche des années,
Un lambeau de mes destinées
S'échappant successivement,
Sous le poids de mon indigence,
Me laissait une soif immense
Du bien qui fuit rapidement.

Pourtant mon âme était l'image
Que réclamait la juste ardeur,
Devant rendre un constant hommage
A la souveraine grandeur;
Elle était le miroir tranquille,
Où la ressemblance fragile
Montre la belle vérité,
Ou bien la source murmurante
S'allumant à la torche errante
De la sublime charité.

Une consolante pensée
Franchit son germe précieux,

Et de ma poitrine oppressée
Une larme monte à mes yeux.
Est-ce du corps, est-ce de l'âme
Qu'arrive cette humide flamme,
Peut-être propice au bonheur?
Est-ce une goutte d'amertume,
D'une vague la blanche écume?
Est-ce le fruit plein de saveur?

Que puis-je dire? Je l'ignore,
Dans l'énigme régnant toujours;
Mais du ciel j'ose attendre encore
Ce présent utile à mes jours :
Les pleurs, pour la famille humaine,
Sont, dans la surprise ou la peine,
Un breuvage rafraîchissant,
Semblable à l'eau qu'une rivière
Apporte au limon nécessaire,
Et l'homme ne rit qu'en passant.

Entourés de voiles mystiques,
La science voit des secrets,

13

Dont les prodiges authentiques
Suivent d'immuables décrets,
Et les intimes phénomènes
Des inexplorables domaines
Exercent le raisonnement;
Mais que partout notre faiblesse
Soit prête à nommer la sagesse,
Qui dissipe l'aveuglement.

Oh! c'est dans les parvis célestes
Aux délicieuses splendeurs,
Que vont disparaître les restes
De nos déplorables erreurs :
Là, les douceurs inénarrables
Des récompenses ineffables
Sont sous le pouvoir paternel;
Là, les immortelles phalanges
Des élus, des fidèles anges,
Chantent leur amour éternel.

Faites, Seigneur, que je médite
Souvent sur vos saintes bontés ;

Parlez à mon âme interdite,

Et redressez ses vanités,

Pour qu'un jour mon humble barrière

S'efface devant la lumière,

Dont les traits demeurent vainqueurs;

Car c'est pour la béatitude,

Due à votre sollicitude,

Que vous avez créé nos cœurs.

L'ILLUSION.

Douce clarté de ma veilleuse,
Au sein des ombres de la nuit,
Comme une source merveilleuse
Tu sais consoler mon réduit ;

Et dans mes rideaux tu te glisses,
Semblable aux rayons argentés,
Qui, sous les feuillages propices,
Jettent leurs reflets enchantés.

A travers ton flot de lumière,
Que de songes viennent passer,
Entourés d'un sombre mystère,
Et toujours prompts à s'effacer !

Dans le repos où je me plonge,
En recueillant mes souvenirs,
Je découvre un cruel mensonge
Au bout de tous les vains désirs.

Pourtant, images curieuses,
Et vous, fantômes décevants,
Vers combien d'espérances creuses
Vous entraînez des pas tremblants !

Une saine philosophie
Lentement éclaire les yeux,
Tandis que la folle utopie
A des adeptes sérieux.

Produisez-vous, pâles systèmes,
Entassez les absurdités :
Vous savez vous pousser vous-mêmes
Dans le gouffre des vanités :

Comme ces feuilles desséchées,
Se mêlant, au bruit des torrents,

A leurs pareilles détachées,
Qu'emportent bien loin les courants;

Ou comme ces bulles légères
Qu'un souffle lance habilement,
Et dont les séduisantes sphères
A peine durent un moment.

Ainsi les doctrines stériles
Des novateurs audacieux,
Avec leurs dehors puériles,
Ne peuvent vivre sous les cieux.

L'homme se forge des chimères,
Et croit saisir un sûr bonheur
Dans les promesses éphémères,
Qui montrent leur éclat trompeur.

Ah! si, laissant les feux volages
Qu'il prend pour de vives clartés,
Il portait ses regards plus sages
Vers le monde des vérités;

Si, cherchant un appui solide
Dans les arrêts qu'il doit bénir,
Il fixait son choix intrépide
Sur des destins pleins d'avenir;

Si, brûlant d'une pure flamme,
Il déployait d'heureux efforts,
Pour diriger l'élan de l'âme,
Que ravissent de saints transports :

Il regarderait son passage
Sur un sol sans cesse agité,
Comme le rapide sillage
Où fuit un navire emporté.

Souvent les vagues s'amoncellent,
Et font frémir le passager,
Dont les pieds timides chancellent
En face du pressant danger.

Le ciel se couvre de nuages,
Et l'orage éclate soudain :

Où sont les tranquilles rivages,
Qui présagent un lendemain?

Une planche effleure les cimes
Que blanchit le flot irrité,
Et roule au sein des noirs abîmes,
Où le gouvernail est jeté.

Lorsque le souffle favorable
Enfle la voile mollement,
Vers une terre secourable
On tend les bras incessamment.

Pour ceux qu'épargne la tempête
Il existe d'autres douleurs,
Et jamais on n'atteint le faîte
Qui brille couronné de fleurs.

C'est que la céleste patrie
Est la seule où le vrai repos
Embellit la nouvelle vie,
Qui doit terminer tous nos maux.

Jouissons du riant partage,
Que nous avons peu mérité;
Mais tâchons d'imiter le sage,
Quand nous poursuit l'adversité.

Son cœur se nourrit de prière,
Sa bouche exalte le Seigneur :
Il ne voit dans chaque misère
Que l'annonce d'un temps meilleur.

Cependant un trait de l'aurore
Perce le voile doucement,
Et ton charme se décolore,
Compagne de l'isolement.

La lueur nocturne s'efface,
Et j'entends un dernier soupir.
Ainsi ma carrière se lasse,
Et je dois un jour m'assoupir.

LE BERCEAU.

Dors, ô douce Marie,
De ton profond sommeil,
Et que la paix fleurie
Assiste à ton réveil :
Mon amour que repose
Ton aspect enchanteur,
Près de ta joue éclose
Espère le bonheur.

Tout bas je fais entendre
Un chant mélodieux,
Que ma voix songe à rendre
Pour toi délicieux.

Au moment du silence,
De ton berceau mouvant
J'écoute la cadence,
Qui retombe souvent.

Un ange aux blanches ailes
Semble penché sur toi.
Il garde tes prunelles,
Qui s'entr'ouvrent pour moi
Quand, de mes bras pressée,
Tu reçois l'aliment,
Et me tiens embrassée
Dans le contentement.

Ainsi de la rosée
Vient le don caressant,
Et la terre arrosée
D'un suc rafraîchissant,
Resplendit, quand l'aurore
Découvre ses palais,
Où l'orient se dore
De magiques reflets.

Oui, bientôt la lumière
Réjouira tes yeux,
Et de ta tendre mère
Tu combleras les vœux ;
Car ta santé qui brille
Me promet d'heureux jours,
Et ma pieuse fille
Saura bénir toujours.

O vous, Reine céleste,
Protégez mon enfant.
Qu'aucun trouble funeste
Ne le fasse méchant !
Sur ce front qui s'incline
Au gré de mes souhaits,
Que la bonté divine
Répande ses bienfaits.

L'ABSENCE.

J'étais accoutumée, ô ma fille chérie,
A t'avoir près de moi pour réjouir ma vie.
Tu dois te rappeler que je n'ai point quitté
Ton front se reposant toujours à mon côté.
Un jour, en parcourant la mer capricieuse,
Nous goûtions en secret la paix délicieuse,
Et regrettant l'aspect de mes autres enfants,
Sur toi je concentrais mes regards caressants.
Quand le vent plus aigu sifflait dans les cordages,
Quand un nuage noir annonçait les orages,
L'une tout près de l'autre en nous tenant la main,
Nous attendions du ciel le décret souverain;
Mais quand sur nous brillaient les paisibles étoiles,
Et qu'un léger zéphyr enflait les larges voiles,

Nous étions dans le calme au sein de l'univers,
Tandis qu'en se jouant glissaient les flots amers.
Depuis, combien de fois nos douces confidences
Aimaient à se nourrir des moindres circonstances !
Nous songions au bonheur des nôtres ici-bas,
Et pour eux se livraient nos innocents combats.
Mais, surtout, quand parut ta rieuse Céline,
Comme un astre charmant qui jamais ne décline,
Oh ! que nous savions bien employer les instants
Ensemble à concerter les plus habiles plans,
Et nos soins délicats, avec persévérance,
Entrevoyaient un but dans sa prospère enfance.
Cependant on m'apprend qu'il faut nous séparer ;
A ce moment cruel tu sus me préparer :
Tu pars, et que de biens à la fois tu m'enlèves !
Mes projets ne sont plus désormais que des rêves.
Au moins, si je pouvais, dans les songes si doux,
T'apercevoir en face et près de mes genoux !
Te voilà maintenant dans cette capitale,
Où l'éclat du grand monde avec pompe s'étale,
Où les timides yeux diversement distraits,
Rencontrent aisément de séduisants attraits.

Puis-je compter toujours sur le souvenir tendre

Que de ton cœur si bon j'étais en droit d'attendre ?

Tu sauras le garder ; mais les rapports fréquents,

Le prodige des arts, les embellissements,

Enfin ce que Paris renferme de caprices,

Et des liens étroits les tranquilles délices,

Exerceront jaloux leur empire puissant,

Et près de ton esprit je serai moins souvent.

Le mien te suit partout et franchit la distance.

Si tu veux un instant te croire en ma présence,

Figure-toi me voir sur mon bleu canapé,

Là, près de ce fauteuil tant de fois occupé.

Tout me parle de toi dans un vivant langage.

Que j'aime la douceur de ton riant visage !

Mais quand pour t'embrasser j'avance les deux bras,

Mes regards confondus ne te retrouvent pas.

C'est ainsi qu'une mère, aux heures empressées,

Abandonnait son cœur à de chères pensées.

L'absence de sa fille augmente son amour,

Qu'elle veut lui prouver au moment du retour.

PREMIÈRE AMITIÉ.

Le cœur qui se réveille a besoin de tendresse,
Ami, comme le champ demande un doux soleil,
Et ton regard humide exprimant la caresse,
Se porte à l'horizon dont l'éclat est vermeil.

Ce ne peut être en vain que nous avons une âme,
Prête à s'épanouir au sein de la splendeur :
Qui donc sur son élan voudra jeter le blâme,
Si la crainte tempère une trop vive ardeur !

Dans l'Eden primitif quand régnait l'innocence,
L'homme vivait d'amour et de félicité,
Et marchant d'un pas ferme il goûtait par avance
Les suaves rayons de l'immortalité.

Mais une fois tombé de la hauteur sereine,
Il dut avec effort entretenir l'espoir,
Et songer chaque jour à surmonter la peine,
Qui semblant s'éloigner revient avant le soir.

Il comprit que le ciel prêtait avec usure
Les biens qui de l'exil s'envolaient désormais,
Et qu'il devait des dons racheter la mesure
Par un retour sincère à la docile paix.

Dès lors toute lumière eut ici-bas son ombre,
Toute chaleur sentit le froid glacer soudain,
Et le calme riant, sous un nuage sombre,
Put voir lui succéder un fâcheux lendemain.

Se soumettre au travail, combattre avec courage
Les nombreux ennemis de la fidélité,
Et vers l'ordre tourner une volonté sage,
Telle devint la loi de notre humanité.

Cependant tu gémis en pensant à l'absence,
Qui de son flot perfide a menacé ton sort :

Avoir un ami sûr, et perdre sa présence,
On ne peut s'y plier comme l'enfant qui dort.

Oui, c'est là, j'en conviens, une pénible épreuve,
Capable d'exercer les penchants généreux,
Et d'un prompt intérêt j'aime à donner la preuve,
Quand ceux que je recherche ont des temps moins heureux,

Moi-même assez souvent j'ai répandu des larmes,
Et mes ans résignés rencontrent la douleur ;
Mais l'attendrissement n'est pas pour moi sans charmes,
Et dans la coupe amère épanche la douceur.

Il faut savoir pleurer avec celui qui pleure,
Partager les ennuis qu'on tâche d'adoucir,
Du sourire prévu devancer un peu l'heure,
Et de meilleurs moments appeler le plaisir.

Regarde les bontés que le ciel te réserve :
Plus d'un cœur a compris ton tourment passager,
Et l'appui bienveillant qui des maux te préserve,
A tes contentements n'est jamais étranger.

Le compagnon chéri qui dirige sa route
Vers le pays natal où sa mère l'attend,
Avec un soin jaloux conservera sans doute
Le tendre souvenir que l'amitié prétend.

Ses conseils éclairés méritaient ton estime,
Il sut concilier la joie et le devoir :
Ménagez la faveur de cette vie intime,
Et de vous retrouver ne perdez pas l'espoir.

Mais, puisque ton amour pour un objet unique
Semble secrètement s'enflammer toujours plus,
Un jour, si tes vertus ont leur prix magnifique,
Puisse-t-il contempler la face de Jésus !

JEUNE AGE.

Élisa babille :
Comment arrêter
La clarté qui brille,
La légère bille
Semblant s'emporter ?

La voilà qui joue :
Oh ! c'est un plaisir
De voir, sur sa joue,
La petite moue
Venant l'embellir.

Élisa soupire :
Serait-ce un empire

Qu'elle perd soudain,
L'oubli qui conspire,
Ou le froid dédain?

Qui donc lui refuse
Sa part des bonbons?
On craint qu'elle n'use
D'innocente ruse,
Les trouvant trop bons.

Pourtant elle pleure :
Quelle est la raison
Qui peut, à cette heure,
Quand la paix demeure,
Troubler la maison?

Tandis que, fort aise,
O cruel affront!
Elle était à l'aise,
Le haut d'une chaise
Lui fait mal au front.

Mais, ô grande joie !
Élisa sourit,
Car le jour envoie
Son reflet de soie
Qui partout fleurit :

Doux rayon qui glisse
A travers les eaux,
Que le ciel propice
Donne à tout calice,
Répand sur les flots;

Ravissant prodige
D'arbustes en fleurs,
Dont la souple tige
Berce le prestige
Des tendres couleurs;

Sur l'herbe odorante,
Heureux papillon,

Dans sa course errante,
Sans cesse attrayante,
Charmant le sillon.

Le zéphyr volage,
Hôte caressant,
Aime le feuillage,
Réjouit l'ombrage,
Et se mêle au chant.

Mais prête l'oreille :
J'entends rapporter
Un peu la merveille,
Dans plus d'une veille
Digne d'enchanter.

Ta sainte patronne
Sut être si bonne
Auprès du malheur,
Qu'en haut sa couronne
Montre la splendeur.

C'était une reine,
Ange dans ce lieu,
Dont l'âme sereine,
Au sein de la peine,
S'élevait à Dieu.

Pleine de constance,
Elle dut offrir
Toute la souffrance
Que, par malveillance,
On lui fit subir.

Dans le sacrifice,
Un jour sa ferveur,
Sans nul artifice,
D'un amer service
Goûta la saveur.

Personne n'oublie
Son nom immortel,

Et souvent on prie,
Surtout en Hongrie,
Devant son autel.

Donne à ta famille
Le fruit des beaux jours :
Sois donc bien gentille,
Et pieuse fille
Pour plaire toujours.

LA MER.

O mer, sur ton rivage
Tu grondes sourdement,
Et du rocher sauvage
Qui domine la plage,
J'assiste à ton tourment.

Comment cette onde amère,
Terrible en son courroux,
Charmait-elle naguère
La timide paupière
Par un aspect si doux?

Dans ta lame tranquille
Se mirait le ciel pur,

Et la barque fragile
Retrouvait un asile
Sur les plaines d'azur.

Le zéphyr avec grâce
Ridait ton élément,
Sans laisser d'autre trace
Dans l'admirable espace
Que son souffle charmant.

L'atmosphère sans voile
Invitait les oiseaux.
Au loin la blanche voile
Brillait comme une étoile
Captive sur les eaux.

Une écume plaintive
Caressait mollement
Les algues de la rive,
Et rentrait fugitive
Dans l'océan dormant.

Le soir, quand se balance
A l'occident vermeil
Le rayon qui s'élance
Sur ton miroir immense
Comme un trait sans pareil,

La flamme scintillante,
En colonne de feu,
Semblait plonger ardente
Dans l'onde transparente,
Et dire un long adieu.

Le pêcheur, en silence,
Guidait ses hameçons,
Et la rame en cadence
Annonçait l'abondance,
Prélude des chansons.

Dans une paix féconde,
Le bord mystérieux

De la surface ronde,
Aux limites du monde,
Touchait presque les cieux.

Et maintenant l'orage
A soulevé les flots.
Tu présentes l'image
D'un cœur plein de courage,
Aspirant au repos.

Ta vague turbulente
Se brise en tourbillons
Sous la roche tremblante,
Et ta face écumante
Se couvre de sillons.

Une sombre harmonie
Pleure avec des accents
Pleins de mélancolie,
Et le vent en furie
Accompagne ses chants.

14.

Hélas ! sur ton empire
Sans doute en ce moment
Quelque frêle navire
Après le port soupire,
Ballotté tristement.

Et l'âme déchirée,
Peut-être dans ses bras
Une mère éplorée
Tient sa fille adorée,
Que poursuit le trépas.

Apaise ta colère,
Et reprends ta beauté.
Qu'un doux soleil éclaire
Le bonheur d'une mère,
La naïve gaîté.

ASILE CHAMPÊTRE.

Loin du dangereux bruit que cherche l'imprudence,
Se cache un doux vallon pour le repos des yeux.
   Quelque soigneuse providence
Semble avoir ménagé d'un sentier tortueux
Les agrestes détours et les aspects tranquilles
    Pour conduire aux plus frais asiles,
    Et le murmure d'un ruisseau
    Vous attire au bord de son eau.

Mais d'un séjour aimé je signale l'entrée.
A droite du portail, une blanche maison,
   D'un profond feuillage entourée,
De son toit réjoui protége le vallon,

Et, dans les alentours, la riante nature
    Déroule une vive parure,
    Où les rayons éblouissants
    Mêlent leurs effets ravissants.

En bouquet rassemblés, des arbres magnifiques
Balancent dans les airs leur front majestueux,
    Et, par leurs arcades magiques,
On voit fuit la verdure éclatante en ces lieux,
Tandis qu'à l'horizon des collines grisâtres
    Se mirent à leurs pieds bleuâtres,
    Dans le nuage mensonger
    D'un crépuscule passager.

O marronniers chéris, on doit à vos ombrages
La fraîcheur qui repose et l'air délicieux,
    Et du printemps les doux ramages !
Placé près de vos troncs, un bassin gracieux
Se nourrit constamment de deux sources limpides,
    Versant en cascades rapides
    D'une eau pure le grand bienfait,
    Où l'on vient puiser à souhait.

On se plaît, en suivant la spacieuse allée
Conduisant au jardin qui paraît dans le fond,
    A voir autour de la vallée
Dominer au plus loin quelque sauvage mont,
Par là de verts coteaux où la vigne pendante
    Abrite une grappe abondante,
    Et tout près, sur la sommité,
    Des souvenirs d'antiquité.

Comme la violette une lente cascade
Voudrait se dérober au regard des humains,
    Quand, se mettant en embuscade,
Ils songent à tremper leurs innocentes mains,
Un jet plus élancé dans la fontaine errante
    Confond son onde bondissante,
    Et sous la rocaille enfermé
    Un lit de mousse s'est formé.

Puis-je vous oublier, retraite salutaire,
Frais bosquet embelli par la tiède saison,
    Où le promeneur solitaire
Rêve tout à son aise et guide sa raison ?

Il suit le cours de l'eau qui serpente, murmure,
    En canaux obscurs s'aventure,
    Et donne libéralement
    Aux prés leur fécond aliment.

    Sages loisirs de la campagne,
    Qui n'est jaloux de vous goûter!
    Avec la paix sûre compagne,
    Peut-on jamais rien redouter?

    Souvent, ô fertile prairie,
    Montrez votre éclat ravissant,
    Et vous, grand bois, dans l'harmonie,
    Jetez un prestige puissant.

    Mais, à deux pas, les ruisseaux coulent :
    Vont-ils emporter mes souhaits?
    Non : lorsque leurs petits flots roulent,
    C'est pour répandre des bienfaits.

    Zéphyr léger, dans ton haleine
    Se glissent des dons parfumés :

As-tu rencontré la verveine
Au milieu des champs embaumés?

Au corsage pâle ou noirâtre
Amène ici les papillons :
Qu'ils viennent d'un essor folâtre
Se poursuivre loin des sillons.

Dans cette aimable solitude,
En se bornant aux simples vœux,
On évite l'inquiétude
Et les soins trop ambitieux.

Dis-moi, tendre enfant, qui regardes
Avec intérêt devant toi,
Sous ton front est-ce que tu gardes
De la pensée un noble emploi?

A travers le riant feuillage
Vois-tu quelque chose venir?
Un doux rayon perce l'ombrage
En messager de l'avenir.

Timide clarté, ton sourire
S'épanouit tranquillement,
Et la bienveillance t'admire
Dans l'extase du sentiment.

Ah ! d'une expansive tendresse
Reçois le don réjouissant,
Que tu sauras payer sans cesse,
Doué d'un cœur reconnaissant.

Car c'est là le bonheur des anges,
Entourant un trône éternel,
Quand ils confondent leurs louanges
Et leur pur amour dans le ciel.

Demandons une ardeur sincère;
Aidons à porter les fardeaux;
Loin d'envier un sort prospère,
A sa vue oublions nos maux.

Mais je te cause quelque peine,
Charmant enfant, par mon travers.

Le murmure de la fontaine
Vaut mieux que le bruit de mes vers.

Au moins, si je savais te rendre
Du sommeil les heureux présents,
Volontiers je ferais entendre
A ton oreille mes accents.

Cependant le soleil au bout de sa carrière,
Entraîne lentement son immense lumière.
La nuit au front voilé prête à régner soudain,
Va ravir les tableaux qui renaîtront demain.

LE SOMMEIL.

Sous la voûte éternelle,
Ombre du firmament,
En balançant son aile,
Vient l'assoupissement,
Qui, couvrant la paupière
D'une vapeur légère,
Avec impunité
Surprend l'humanité.

Plein de langueur féconde,
Il naquit avec nous :
Dans cet immense monde
Son empire jaloux

S'exerce avec mesure,
Et la sagesse sûre
De ses heureux bienfaits
Contente nos souhaits.

Les plus aimables songes
Accompagnent ses pas,
Et les riants mensonges,
Prodiguant leurs appas,
Dans le ciel nous transportent,
Ou près du cœur apportent
L'image d'un bonheur
Au regard enchanteur.

Si parfois sur nos têtes
Passent en mugissant
Les plus noires tempêtes;
Si le sol frémissant
Attend l'heure suprême,
Dans le désordre extrême
Où tous les éléments
Confondent leurs accents;

Si le brigand terrible
Veut hâter notre sort
Au fond d'un gouffre horrible
Où nous voyons la mort ;
Si l'énorme montagne
Qui borne la campagne,
Semblant tomber sur nous,
Fait ployer nos genoux ;

Si, craignant la poursuite
D'un ennemi trompeur,
Nous sentons dans la fuite
Un obstacle vainqueur,
Qui nous rend immobiles,
Tandis qu'en bonds agiles
L'implacable assassin
Sur nous plane soudain ;

Si, d'un ami sensible
Déplorant le destin,
Nous le cherchons paisible
Endormi dans sa fin ;

Si la douleur amère,
Plaintive messagère,
Occupe le séjour
Où pâlit notre jour ;

C'est un moment rapide
Qu'emporte le réveil,
Quand le trésor humide
Précède le soleil,
Pour rendre à la prairie
Sa généreuse vie,
Et décorer les fleurs
Des plus fraîches couleurs ;

Quand les belles étoiles
Poursuivent dans les cieux,
Au milieu des longs voiles
Qu'enrichissent les feux,
Leur concert magnifique,
Et qu'un charme magique
Pour les êtres divers
Règne dans l'univers.

Déjà la matinée
Montre tous les atours
De notre destinée,
Où se pressent les jours;
Car du repos docile
Au sein d'un sûr asile,
Naît un ravissement
Dans le recueillement.

L'AGNEAU.

Voyez ce tendre agneau sautant dans la prairie,
Et donnant de la joie aux folâtres enfants :
Quand il veut captiver plus d'une main chérie,
L'herbe à peine fléchit sous ses pas triomphants.

Sur sa blanche toison flotte le ruban rose,
De son cou gracieux délicat ornement;
Pour répondre à l'appel de chaque bouche éclose,
Il laisse avec bonheur entendre un bêlement.

Douce image de l'innocence,
Quel charme vous avez pour nous !
Les soins d'une fière prudence
Viennent expirer devant vous.

Mais, tout près, la brebis plaintive
Considère son agnelet,
Qui, loin de cette troupe active,
Allait brouter le serpolet.

Dans nos empressements craindrait-elle une offense,
Ou lirait-elle, hélas! au fond de l'avenir?
Nous troublons le destin d'un être sans défense,
Après avoir souvent éprouvé le plaisir.

LE CHARDONNERET BLESSÉ.

Un doux chardonneret jouissait, dans sa cage,
    De tous les biens que l'esclavage
    Réserve aux victimes du sort.
    Perdre sa mère, c'est la mort.
Il avait traversé les beaux champs de l'espace,
    Répété son charmant refrain,
Attiré le passant sur sa joyeuse trace,
    Dans l'air disparaissant soudain,
    Et remonté son gracieux plumage,
    Dont les couleurs enchantent le regard :
Car le peintre divin, dans le plus simple ouvrage,
    Prodigue les trésors de l'art.
Mais, ô destin fatal! la cruelle malice
D'une troupe d'enfants loin de sa protectrice

Emporte le pauvre oiselet :
Le voilà pris dans un filet.
Entre les mains d'un mercenaire
Il tombe, épuisé de regret,
Tandis que la plaintive mère
Ne peut former aucun souhait.
La bienveillance généreuse
Sait charmer sa captivité,
Quand d'un choc imprévu la suite douloureuse
Ajoute à son malheur la triste infirmité :
Avec un pied de moins, guéri, mais sur la pente
Goûtant un pénible sommeil,
D'un vol pesant il se contente
Quand l'aube annonce le réveil.

Oh ! cher oiseau, sois bien tranquille,
Je ne te laisserai jamais
Sans nourriture, sans asile,
Privé de mes humbles bienfaits.

Comme Dieu fait dans la nature,
Je veux, du soir au lendemain,

Te préparer une onde pure,
Mesurer largement ton grain.

Et quand vient la saison nouvelle,
Je sais ce que ton bec gourmand
Demande à la terre fidèle
Aux richesses qu'elle répand.

Souvent, avec persévérance,
Tu picotes mes doigts aimés :
Tes élans de reconnaissance
Sont pour moi des dons parfumés.

Je vois le passereau volage,
Courant après son aliment,
Venir chercher près de ta cage
Un pain mêlé de ton tourment.

On dirait que sa voix sonore
Veut t'égayer dans ta prison;
Mais, sans attendre, il prend encore
Son libre essor vers l'horizon.

De ton gosier mélancolique
S'échappe un son mélodieux,
Semblable au sincère cantique
Qui sort d'un cœur religieux.

Quand, recueilli dans le silence,
Tu tournes les yeux vers le ciel,
En ce séjour de joie immense
Espères-tu ta part de miel !

De ce ciel aux clartés splendides
Contemple la sérénité :
C'est l'image des jours limpides,
Qui brillent dans l'éternité.

En attendant, sur cette terre,
Parfois l'exil rend languissant :
Pour les humains, c'est satisfaire
Que de souffrir en bénissant.

Qui de nous deux verra la tombe
S'ouvrir sous de fragiles pas ?

Mais, après toi si je succombe,
Je déplorerai ton trépas.

Oui, dans la commune poussière
Nous habiterons tous les deux :
Des cieux j'invoque la lumière,
Reçois d'en haut un jour heureux.

LE SERIN.

Perché sur la fenêtre,
Joli petit serin,
Tu veux entrer peut-être
Sans redouter ma main.

Mais non : la race humaine
Calcula tes douleurs,
Quand parut dans la plaine
L'essaim des oiseleurs.

Par une ruse amère,
On te ravit soudain
Le bonheur éphémère
Avec son doux refrain.

Tu jetas aux nuages
Ton cri de liberté,
Regrettant les orages,
Sous la roche abrité.

Ton aile frémissante
Dut quitter à jamais
La voie étincelante,
Pour toi pleine d'attraits.

Adieu sombre feuillage,
Qu'égayait ta chanson;
Adieu charmant ombrage,
Où dormait le gazon;

Gazouillement magique
De joyeux passereaux,
Au sein de l'arbre antique,
Qui penchait sur les eaux.

Et les prisons dorées
Ne te cachèrent pas

Les voutes azurées
D'un ciel brillant d'appas.

La riche nourriture
Était versée en vain
Pour toi, de la nature
Tu préférais le pain.

Un brin, d'un fruit le reste,
Quelque grain coloré,
Voilà le mets modeste
Aux beaux jours assuré.

Dans les champs, quand la gerbe
Montrait ses épis d'or,
Ou qu'au milieu de l'herbe
Se glissait un trésor,

Une goutte limpide
Humectait ton festin,
Et ton élan rapide
Saluait le matin.

Le péril, dans ta vie,
Sans cesse menaçant,
Etait la mélodie
D'un gosier ravissant.

Admirant ton plumage
Et ton vol onduleux,
On entourait ta cage
De soins miraculeux.

Et tu guettais sans doute
Le fortuné moment,
Où tu fendrais la route
Des cieux agilement.

Mais, hélas! l'habitude
Rend stérile un effort,
Et dans la solitude
S'appesantit le sort.

D'où viens-tu? Quand ton aile
Demande à s'élancer,

Une crainte cruelle
Est là pour te bercer,

Et tu sembles te dire :
Tantôt je déplorais
Mon éternel martyre
Dans un triste palais;

Faut-il que je déplore
L'heureuse liberté,
Et dois-je donc encore
Loin d'elle être agité?

Tu pars; adieu mon rêve,
Car je ne te vois plus.
Si le destin t'achève,
O regrets superflus !

PLAINTE D'UN OISEAU EN CAGE.

Vous m'aviez donné des ailes,
Seigneur, pour aller vers vous,
Près des voûtes éternelles
Dont les aigles sont jaloux.
Mais, un jour, me fut ravie
La douceur de cette vie
Par les trames du méchant;
Loin de la route céleste,
En voyant mon sort funeste
Je perdis mon joyeux chant.

Mon regret fut pour ma mère,
Qui m'apprit à voltiger,

Me disant : sur cette terre,
Tremble devant l'étranger ;
Quand mon aile plus puissante
De la hauteur ravissante
Fendait la sérénité :
Mon enfant, ma seule joie,
Le vautour cherche sa proie,
Redoutons l'humanité.

Oh ! qu'elle semblait contente,
Quand planant sur l'horizon,
Elle dominait la pente
Attirant vers le vallon :
Quelle splendeur magnifique
Dans le domaine magique
Entre la terre et le ciel,
Petit ! attendons encore,
Tandis que le soleil dore ;
Puis, tu goûteras ton miel.

Que deviennent les feuillages,
Où j'unissais autrefois

Ma note aux tendres ramages
Qui réjouissaient les bois?
Quand se mirait dans les ondes
Le saule aux branches fécondes,
Dont nous étions l'ornement,
L'écho voulait faire entendre
A ceux qui savaient attendre
Notre doux gazouillement.

La tourterelle plaintive,
Hélas! d'un cri déchirant,
Dénonce l'arme hâtive
Qui vient blesser son enfant.
Ami, tu vois bien l'engeance,
Ne respirant que vengeance
Contre les infortunés :
Fuyons vite à tire-d'aile
La duplicité rebelle
De ces hommes si mal nés.

Et, depuis, je fus moi-même
Dans une cage enfermé ;

Je chante en ma peine extrême,
Mais je doute d'être aimé.
Je voudrais aimer mon maître,
Qui, je dois le reconnnaître,
Me prodigue mille soins :
Sans doute, la gentillesse
Des oiseaux fait que sans cesse
On pourvoit à leurs besoins.

LA GROSEILLE ET LA FRAMBOISE.

Deux sœurs se disputaient ensemble
　　Sur leurs heureuses qualités,
Et semblaient dédaigner la faveur qui rassemble
　　　Ici-bas les variétés.
La groseille voulait corriger la framboise :
　　Ce n'est pas que je cherche noise
　　A quelqu'un, mais il faut pourtant
　　Que je te raisonne un instant.
On dirait que tu veux, dans la vie isolée,
Occuper sans retour un coin de la vallée,
Et tandis qu'avec joie on me montre à chacun,
　　Garder pour toi tout ton parfum.
　　Pardon si je vous contrarie,
　　Dit la framboise ; ô chère sœur,

Je sens le prix de l'harmonie,
Qui seule assure le bonheur.
Cependant je ne puis vous taire
La respectable vérité :
C'est le remède salutaire,
Guérissant notre infirmité.
Vous accordez beaucoup au monde
Dans votre manière de voir,
Et je demande au ciel la lumière féconde
Pour remplir l'honnête devoir.
Parfois vous enviez la fraise,
Qui se pavane avec orgueil
Sur les tables fort à son aise,
Flattant ainsi la bouche et l'œil ;
Et moi, qui sais goûter l'ombre de la campagne,
De mon penchant timide aimant les simples lois,
Je souhaiterais pour compagne
La petite fraise des bois.
Mon rouge pâle, un peu mélancolique,
Ne vous donne pas la colique.
Vous devez bien laisser votre constante aigreur :
Pour moi, je veux toujours cultiver la douceur.

Dans ce moment passait un homme débonnaire,
Et qui jamais ne sut faire peur aux enfants.

J'ai par là quelque chaude affaire,
Dit-il, avançant à pas lents :
Je comprends ce que c'est. Vous voilà, bonnes filles,
Songeant à relever le moindre léger tort;
Mais, pour vous rendre plus gentilles,
Je connais un moyen de vous mettre d'accord.
Vous ferez demain pénitence,
En mêlant sur le feu vos aimables vertus.
L'été vient exercer sa pesante influence,
Et la fraîcheur convient à nos sens abattus :
Allez, vous deviendrez la liqueur précieuse,
Que certains estomacs trouvent délicieuse,
Quand, préférant le calme, ils attendent le soir.
Sociabilité, j'admire ton pouvoir.

LE TOURNESOL.

J'aime à voir la plante fragile,
Sortant d'un paisible sommeil,
Tourner une tête docile
Vers le vivifiant soleil.

Apprends-moi donc, ô frêle tige,
Par quels mystérieux ressorts
Tu sais exercer le prestige
Semblant parler à nos efforts.

Sans doute, il fallait un exemple
Pour nous rappeler que nos jours,
Comme les offrandes du temple,
Au ciel doivent tendre toujours.

Ainsi ta généreuse graine,
Aux rigueurs voulant échapper,
Devant la bonté souveraine
Parvient à se développer.

Et vous, fleurs aux belles nuances,
Qui vous ouvrez tous les matins,
Vous subissez les influences
Favorables à vos destins.

Quand reparaissent les ténèbres
Environnant un commun sort,
Vous trompez les voiles funèbres,
Présage où s'annonce la mort.

Dans les surprises de ce monde,
Redoutons avec vous l'erreur;
Car de la vérité féconde
Seulement dépend le bonheur.

LE BÉLIER, LE BŒUF ET LE MOUTON.

Un jour trois noms se trouvent en présence,
　　Ayant une utile existence
　　Au sein de la création.
　　Le bélier assez bien rappelle
　　L'opiniâtreté rebelle
De gens dont on ne peut changer l'illusion ;
　　Le bœuf, à l'inquiète allure,
　　Des passants devient le tourment,
Et le craintif mouton, soumis à la torture,
　　Baisse le cou honteusement.
　　Pourtant, le premier avec grâce
　　Opposait la témérité,
　　Quand, aux jours de l'antique race,
Comme noble victime il était invité.

Le bœuf, aidant à féconder la terre
    Par un effort laborieux,
Sur les vertes moissons où se plaît la lumière
    Appelle le regard des cieux.
    Quant au mouton, avec sa douce laine
    Et sa chair au goût succulent,
    Pour l'égorger quand on le mène,
De nous faire du bien il semble être content.
    Les messieurs qui s'entendent dire
    Ces noms d'animaux respectés,
    Tous les trois se prennent à rire,
    En se voyant représentés.
L'un d'eux, plus avisé, dit alors : l'aventure
    A certes son côté plaisant;
Mais bénissons l'auteur de la nature,
Qui sur chaque être exerce un pouvoir bienfaisant.

FIN.

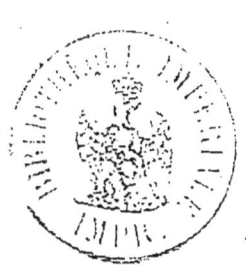

TABLE.

PREMIÈRE PARTIE.

SECONDE PARTIE.

FIN DE LA TABLE.

Paris. — Imprimerie BAILLY, DIVRY et Cᵉ, place Sorbonne, 2.

Imprimerie BAILLY, DIVRY et Cᵉ, place Sorbonne, 2.